『クリスタルの再会』

リンダはつぶやいた。そして、スーティのからだを抱きしめた。（178ページ参照）

ハヤカワ文庫JA
〈JA911〉

グイン・サーガ⑱

クリスタルの再会

栗本　薫

早川書房
6196

CONVENTICLES IN CRYSTALBY

by

Kaoru Kurimoto

2007

カバー／口絵／插絵

丹野　忍

目次

それにあのひとだって、三年たっても結局迎えにはきてくれなかった。
それだけのことよ。過去のちょっとした思い出話……そんなの、どんな
女性にだってある、昔の記念品みたいなものでしょう？

——リンダ

〔中原拡大図〕

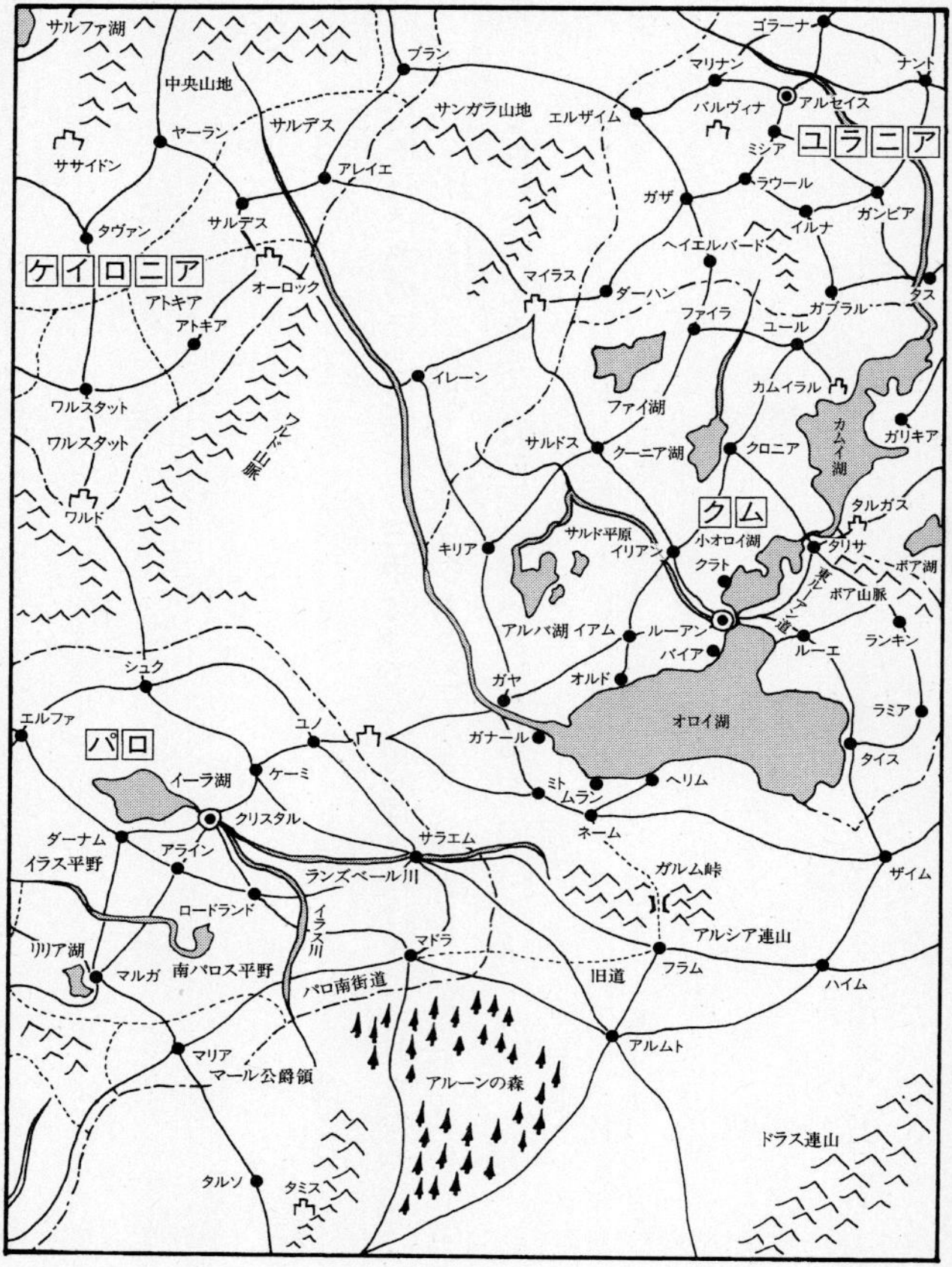

サルファ湖
中央山地
ササイドン
ヤーラン
サルデス
ブラン
サンガラ山地
エルザイム
マリナン
ゴラーナ
ナント
アルセイス
バルヴィナ
ユラニア
ミシア
アレイエ
ラウール
ガザ
タヴァン
サルデス
イルナ
ガンビア
ヘイエルバード
ケイロニア
オーロック
マイラス
ダーハン
タス
アトキア
アトキア
ファイラ
ユール
ガブラル
イレーン
カムイラル
ワルスタット
ワルスタット
ワルド山脈
ファイ湖
カムイ湖
ガリキア
サルドス
クーニア湖
クロニア
ワルド
クム
タルガス
サルド平原
小オロイ湖
キリア
イリアン
タリサ
クラト
ボア湖
東ルーアン道
ボア山脈
アルバ湖
イアム
ルーアン
ランキン
バイア
ルーエ
シュク
ガヤ
オルド
ラミア
エルファ
ユノ
オロイ湖
ガナール
パロ
タイス
イーラ湖
ケーミ
ミト
ムラン
ヘリム
クリスタル
ダーナム
ネーム
サラエム
アライン
イラス平野
ガルム峠
ザイム
ランズベール川
ロードランド
イラス川
アルシア連山
マドラ
リリア湖
フラム
マルガ
南パロス平野
旧道
パロ南街道
ハイム
アルムト
マリア
マール公爵領
アルーンの森
ドラス連山
タルソ
タミス

〔パロ周辺図〕

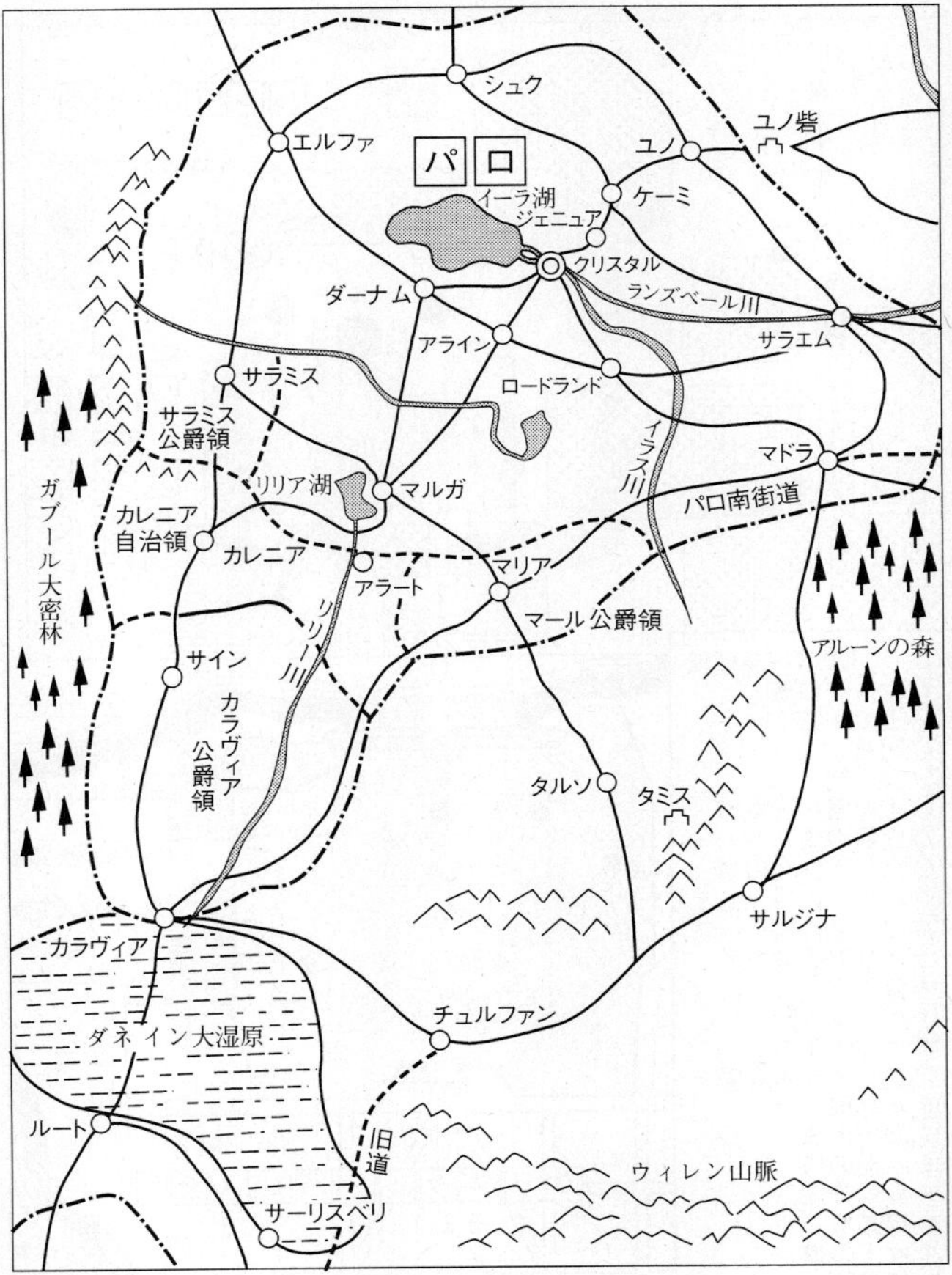

シュク
エルファ
パロ
ユノ砦
ユノ
ケーミ
イーラ湖
ジェニュア
クリスタル
ダーナム
ランズベール川
サラエム
アライン
サラミス
ロードランド
サラミス公爵領
イラス川
マドラ
リリア湖
マルガ
パロ南街道
カレニア自治領
カレニア
アラート
マリア
ガブール大密林
マール公爵領
アルーンの森
サイン
リリア川
カラヴィア公爵領
タルソ
タミス
サルジナ
カラヴィア
チュルファン
ダネイン大湿原
ルート
旧道
ウィレン山脈
サーリスベリ
ニフ

〔クリスタル・パレス〕

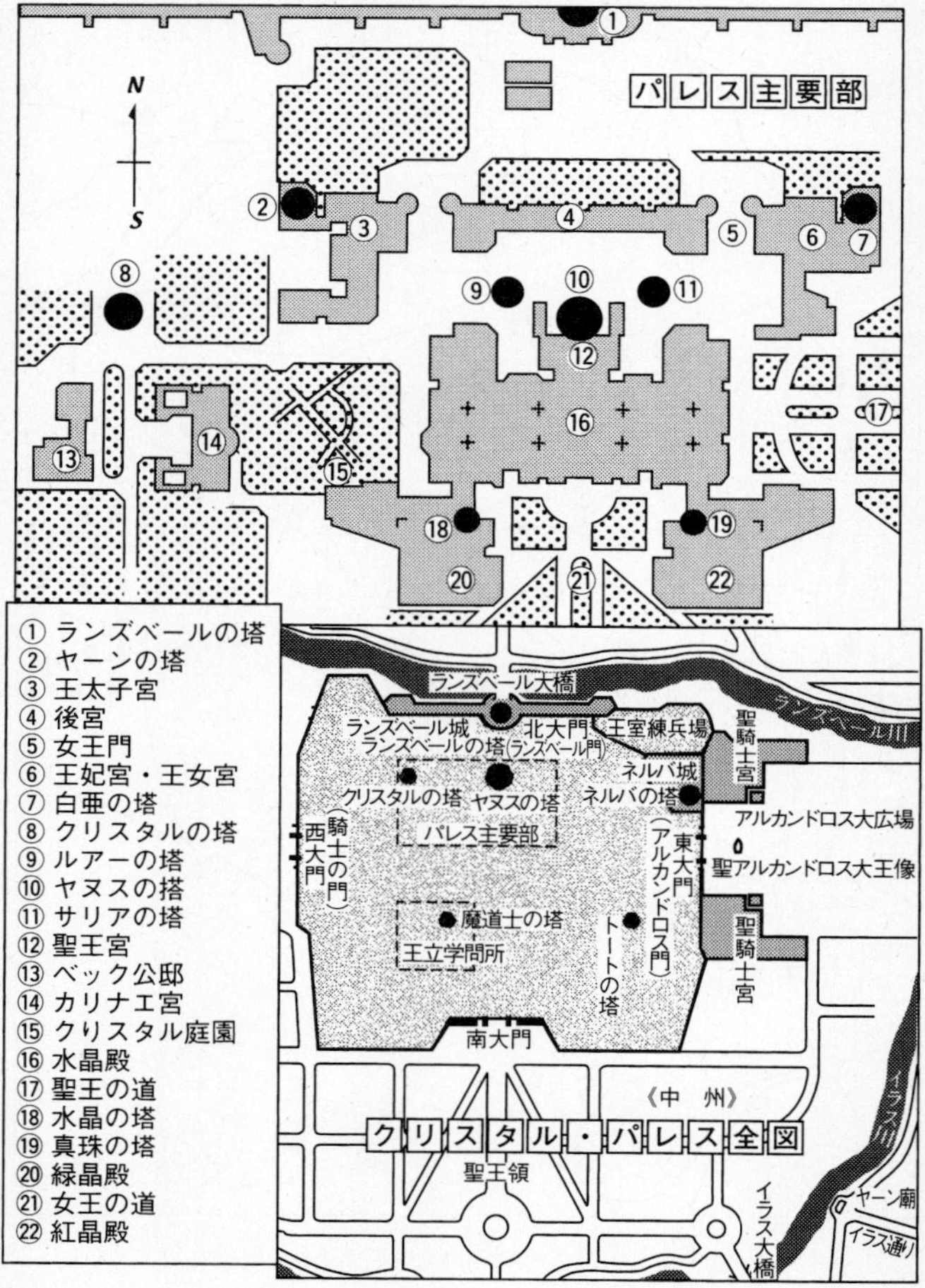
パレス主要部
N
S
① ランズベールの塔
② ヤーンの塔
③ 王太子宮
④ 後宮
⑤ 女王門
⑥ 王妃宮・王女宮
⑦ 白亜の塔
⑧ クリスタルの塔
⑨ ルアーの塔
⑩ ヤヌスの塔
⑪ サリアの塔
⑫ 聖王宮
⑬ ベック公邸
⑭ カリナエ宮
⑮ クリスタル庭園
⑯ 水晶殿
⑰ 聖王の道
⑱ 水晶の塔
⑲ 真珠の塔
⑳ 緑晶殿
㉑ 女王の道
㉒ 紅晶殿
ランズベール大橋
ランズベール川
ランズベール城
ランズベールの塔
北大門
（ランズベール門）
王室練兵場
聖騎士宮
ネルバ城
ネルバの塔
クリスタルの塔
ヤヌスの塔
パレス主要部
西大門
（騎士の門）
東大門
（アルカンドロス門）
アルカンドロス大広場
聖アルカンドロス大王像
魔道士の塔
王立学問所
トートの塔
聖騎士宮
南大門
《中　州》
クリスタル・パレス全図
聖王領
イラス川
イラス大橋
ヤーン廟
イラス通り

クリスタルの再会

登場人物

グイン……………………………………ケイロニア王
マリウス…………………………………吟遊詩人
ブラン……………………………………カメロンの部下
フロリー…………………………………アムネリスの元侍女
スーティ…………………………………フロリーの息子
ガルシウス………………………………パロの医師
ヴァレリウス……………………………パロ宰相。上級魔道師
リンダ……………………………………パロ聖女王

第一話　終点への旅

1

「どうした。——姿が見えなくなったと思っていたら、こんなところにいたのか」

うしろに人影がたったのを感じた瞬間、マリウスはびくりと身をふるわせた。だが、声をかけられ、それがグインである、と知ると、ほっとしたようにからだの力をぬいた。

そろそろ夕暮れのせまる、自由国境地帯のごく小さな宿場、ミトのはずれの、その村では一番大きな宿屋の庭であった。このあたりではごく普通の二階建ての大きな四角い石づくりの建物の、両側にうまやと使用人棟の粗末な建物が両腕のようにのびて前庭をかかえこみ、裏手には、炊事に使われる小川を境界線のようにして、やはり短い腕のように、台所と、そのむかいに浴場が建て増されている。そちらからは、そろそろ夕食の準備が整えられているのだろう、炊ぎの煙がのぼっているようだ。マリウスは、それに背をむけて、前庭のはずれまで、ぶらぶらと出てきていたのだった。

うしろから声をかけたグインは、分厚く左肩を包帯につつみこみ、動かさぬようその左腕を三角巾に釣っている。その上からマントをかけ、中はいたって尋常な茶色のチュニックと足通しにサッシュをしめて、首から上の豹頭をのぞけば、どこからみてもべつだん、その巨軀のなみはずれたたくましさ、巨大さを別として、尋常な人間とかわったところはないように見える。

快楽の都タイスを無事に脱出してから、もうかれらのささやかな旅はすっかり新しい局面に入っていた。タイスの地下水路で、一行のあわやという最大の窮地を救ってくれた、パロの魔道師宰相ヴァレリウスの登場以来、かれらの旅は、それまでとは、まったく異なる様相を呈しはじめていたのである。

もう、これまでのあの長く苦しい、困難でさまざまな危険をはらんだ旅路と同じように、人目をはばかったり、目立つことをことのほかおそれたり、露見に怯えることもなかった。グインの豹頭はマントに隠されていたが、ヴァレリウスはいざというとき、人目をひきそうなときには、いつでも結界でもって、グインからひとの注意をそらすことができたし、場合によっては、直接グインを見た人間にも、その心に催眠術で働きかけて、何の疑問ももたせなくさせたり、その記憶を奪ってしまうことさえもたやすかった。それで、一応、マントはつけているものの、グインはもう、楽々と旅を続けることもできた。

また、ヴァレリウスはパロからおのれの配下の魔道師たちを呼び寄せて、一行のゆくさきざきにあらかじめ結界を張っておかせ、その道筋に人々が大勢歩いておらぬようにすることで、かれら一行を安全に守ってくれた。グインはまだ、タイスでガンダルとの死闘で受けた深傷がよくなっておらず、騎馬や徒歩で長旅を続けることは不可能であったので、ヴァレリウスはまた、大きな四頭立ての馬車を仕立てて、その馬車に怪我人のグインと、フロリーとスーティ親子、そしてマリウスとを乗らせ、ブランのためには馬を用意してくれた。一応ヴァレリウス自身も馬に乗ってはいたが、どうもブランのみたところでは、それは人目をはばかるための偽装にすぎぬようであり、ヴァレリウスの乗っているはずの馬はときたま、気が付くとただ馬丁が曳いて歩いているだけのから馬になっていたりした。それがまた、気が付くといつのまにかそこにヴァレリウスが黒いマントに身をつつんだ不吉な姿をさらしている。そうやってヴァレリウスが消滅したあというのは、必ず、ゆくさきの、今夜の泊まりの宿が決まっていたり、あるいは誰か魔道師が迎えに出てきたりしているところをみると、ヴァレリウスは、そうやって、馬で皆と一緒に旅しているていをよそおいながら、実際には、パロ——ひょっとしたらクリスタルとさえ、いったりきたりを繰り返しているようだった——これは、あまり魔道とは親しくない沿海州の民であるブランにとってはかなり妙でもあれば不気味でもあることだったが、どう考えても、ヴァレリウスがひょいと消えては、クリスタルからの知らせなどを持ってあらわれてくるところをみれば、そうとしか、考えようがなかった。

グインの負傷が思いの外に深傷であったので、この旅はなかなかはかがゆかなかった。それでも旅をともかくもずっと続けることが出来たことそのものが、グインが非凡な体力と回復力とを持っていた、ということのあかしだっただろう。本来ならば、たいていのよほど体力のある男でも、左腕が切り落とされかねないほどのいたでをおったのだ。まず数ヵ月は、寝たきりで過ごしてからゆっくりと少しづつからだの回復につとめていって、それからようやく日常生活に戻れる、というくらいであってしかるべきであった。だが、グインは弱音を吐こうとはしなかった。ゆったりとした、沢山クッションをつめこんで受ける衝撃をやわらげるようにした豪華な馬車で、比較的安楽に進んでゆけるとはいえ、馬車のわだちが赤い街道のレンガにひっかかってはねあがるたびに、グインの傷には思いきりひびくはずで、ただそうやって旅を続けるだけでもいまのグインのからだには相当ないたでであるはずだったが、グインはあえて何も訴えようとはしなかった。

ヴァレリウスはそのグインにはひどく気を遣って、相当にゆっくりとした速度でこの旅をすすめ、ゆくさきざきで、まだ日の落ちないうちに早め早めに宿をとり、グインをゆっくりと寝かせるようにひどく気を配っていた。また、毎晩きちんとグインの薬をぬりかえ、手当し、食事も体力を回復出来るようなものをと、あらかじめ手をまわして手配してあるようだった。そのおかげもあって、グインの回復はそれなりにかなりめざましかったが、それでも、本来、旅が続けられるような状態ではなかったのだ。

船旅のあいだ眠り通したグインであったが、そのあとは馬車での旅となり、じっさいにはそれほどの期間を要する距離というわけではなかったが、さらに幼い子どもをも連れての旅とあって、ヴァレリウスは、通常なら六、七日でつくところを倍以上の二十日近くを見込んでゆっくりとした旅程をこしらえていた。もっとも、クム国内にいるあいだは、あまりのんびりさせてやるわけにはゆかなかった。クム国内を突破しきるまでは、さしものヴァレリウスも、クム側の追手がかかることにかなり神経質になっていたからだ。この一行は全員が、もしも発見されて連れ戻されれば、相当に今度救出するのは困難になりそうなものたちであった。死んだことになっているフロリーとグインはまだしも、もっとも危険なのは、格好としては、タイス伯爵の裁判で証言するための訊問をまぬかれて逃亡したかっこうになっている、《お尋ね者》のマリウスであった。ヴァレリウスがもっとも守りたかったのも、パロの王太子たるべきこの放浪癖のある王子であったに違いなく、ヴァレリウスは、マリウスに、クムの色子の服装をすべてひっぺがしてしまったのはもちろん、オロイ湖をわたる船のなかへ、まったく目立たぬ農民の青年の服装を調達してきて、むろん吟遊詩人のなりなどとんでもない、と申し渡したし、キタラもむろん与えるわけにはゆかなかった。

きびしく、ヴァレリウスは申し渡した。

「とにかく、最低限クム国境をこえるまでは、一切、一節でも、歌を歌ったり、何か楽器をみても手をふれたりなさらぬように。でないと、今度こそこの一行全員のいのちとりになりますからね」

「歌も、駄目です」

もっとも、大事なキタラはタイスに置いてきてしまっていたし、それに何よりも、マリウス自身がすっかり沈み込んでいたので、本当は、ヴァレリウスがそんなにきびしく言い渡さなくとも、今回に限っては、マリウスは、何かその命令にそむくような行動をおこすおそれはまったくなかった。

マリウスは、歌うことさえ忘れてしまったかのようであった。フロリーは船のなかや、また、陸上の旅がはじまってからは馬車のなかで、心配そうにずっとマリウスばかり見守っていたが、その目など、まったく気づきもしないかのように、マリウスはずっと沈み込んでいた。明るくて、よくしゃべり、歌う、ひばりのようなこの若者が、こんなふうにふさぎこんでしまうのは、本当に珍しいこと、たぐいまれな変事とさえ云わなくてはならなかったのだが。ヴァレリウスに歌ってはならぬ、と申し渡されたときにも、マリウスは、返事さえしないで、ただ黙り込んでいただけだったのだ。それはそれこそ、普通だったら、熱でもあるのではないかとまわりから心配されるような事態に違いなかった。

ヴァレリウスの魔道の霊験あらたかに、一行はクム国境をガナールの東で無事に越えることができた。ヴァレリウスにとっても、グインや、またおたずね者でふれがまわっているであろうマリウス、死んだことになっているフロリーらを連れて国境をこえることが最大の問題であったが、あっけないほど無事に越えることができた――むろんヴァレリウスが魔道で、国境警備の役人たちの目をごまかし、グインの豹頭をごく普通の人間の顔と思わせたこともあったが、同時に、ヴァレリウスは宰相の特権で正式の国境手形をあらかじめ作っておき、ブランとリギアは一組にして傭兵として先に通行させ、馬車のものたちを別に家族として国境を越えさせたのであった。その用心で、かれらは全員が無事に何の苦もなくクム国境を出ることが出来たのだ。

そして、あまり距離もない自由国境地帯に入ると、そのあとはヴァレリウスはグインのからだのことを第一に考えて、ゆったりめの旅程に切り替えた。自由国境はあちこちにあり、そして、それは地方によってずいぶん様子が違う。たとえばケイロニアとゴーラ間の自由国境はサンガラ山地をこえねばならず、かなり辺鄙だし、クムの東の自由国境は、山地ではあるがサンガラほど険しくはないので、逆に山賊どもがはびこって、非常に危険とされているところだ。また、モンゴールとゴーラ間の国境地帯といえば、ユラ山地で、きわめてけわしい、ほとんど人の住まぬ準辺境地帯といっていいところである。だがクムとパロのあいだの自由国境地帯は、ほぼ平地と平坦な丘陵地帯で、いくつかの山脈はあるが、街道が整備されており、ガヤからユノ砦に直通するユノ街道などは、クムとパロとを、馬で二日の距離で結んでいる。

だが、グインたちが国境をこえたのはオロイ湖南岸のムランから、ガナールの東のあたりで、わざわざこのあたりではかなり大きな国境の町であるネームを避けて小さな旧街道を抜けていったので、クリスタルまではサラエム経由でランズベール川にそってゆく街道をとることになる。本来はユノに出るほうが近かったかもしれないが、そのためにはまだずっとクム国境に近い地帯をゆくことになるし、さらに、ミトからユノの方向に出る街道はかなり山中の道が続くことになる。それが、馬車であっても怪我人のグインの健康にはあまりよくないのではないか、というのがヴァレリウスの考えであった。ランズベール川の本流に近づけば、グインだけでも、船でランズベール川をさかのぼってクリスタルに近づいたほうが、からだが楽ではないか、とヴァレリウスは考えたのである。

いずれにせよ、そういうわけで、旅程は、かなりゆっくりめに宿を出発しては、まだ日のあるうちにゆくさきざきの宿に入ってグインを休ませ、手当をする、というはかのゆかぬものになった。だが確かにそのかいはあって、少しづつグインは健康と体力とを確実に回復しつつあるようではあったのだが。

それでも、まだもちろん本復には程遠い。いつもなら、ゆったりとしているけれども何があろうと即座に対応出来るだけの敏捷さを秘めて軽やかでしなやかなグインの動きも、かなり痛む傷をかばうようにゆっくりとしているし、また、傷を悪化させぬよう、酒も一切飲まず、宿につくとただちに床に入って、食事以外はひたすら静養につとめるようにしていた。幼いスーティも、幼な心にも《豹のおいちゃん》の様子がいつもと違うことがわかるらしく、母のフロリーにきびしくいわれるまでもなく心配そうにしながら、無理矢理にグインにだっこしてくれとか、「高い高い」をしてくれとせがむことも我慢しているようだった。

「――ああ」

グインに声をかけられて、マリウスは、ゆっくりと身をおこした。目の先には、ひなびた自由国境地帯の田園風景――といってもかなりの山村であるので、ひろびろとした田園が拡がっているわけではなく、山のたいらな部分のあちこちを狭く切り開いた畑や果樹園が森のあいだに見えている程度のものだが――がゆるやかに日暮れを迎えようとしている。

「もう動いていいの、グイン？」

マリウスはひっそりと云った。日頃の絶好調のときのかれを知っているものならば、調子が狂ってしまうほどにも、ひっそりとした、静かな浮かぬ声と口調だ。その整ったおもてにも、日頃の元気はまったくない。

「ああ、もう、旅をしながら少しづつでもからだをならしておくようにせんと、それこそいつまでたってもからだがきついままだろう」

「そうか」

日頃ならただちに、グインのひとことに対して百ことくらいは能書きだの、感想だの、それにつづいて自分の意見だのを述べ立てるところだが、このところ本当にマリウスはいたって大人しい。というよりも、本当に、まるでひとが変わってしまったのではないかと思うくらい、あまり喋ることもなくなってしまっている。また、馬車での旅の途中にも、窓からの景色をぼんやりと眺めながら物思いにふけっているだけで、およそ、タイスまでの旅の途中と、同じ人物とは思われないくらいだった。そのマリウスを、いささか心配そうにグインは見た。

「どうした。俺よりも、お前のほうこそ、本当に気持が浮かないようだな。体調はどうだ」

「からだは、なんともないよ」

ぼんやりとマリウスは云った。

「そうか。では……」

グインは、一瞬、ここで切りだしたものかとためらうようすをみせたが、これがちょうどよいしおかもしれぬ、と思い直して、母屋のほうを振り返った。誰も、そちらから出てくるきざしはない。フロリーは建物のなかで、スーティを遊ばせながら相変わらずのつくろいものや縫い物をしており、ブランやリギアもそれぞれに、部屋で身をやすめたりしているのだろう。

「マリウス」

思いきったように、グインは云った。

「お前、それほどに、パロに戻りたくないのか」

「え」

マリウスは一瞬ぎくっとしたように、グインを見た。それから、苦笑のようなゆがんだ笑みを口辺に漂わせた。

「そう見えるかな。……そりゃ、そうだよね。誰がみたって——ああ、そうだよ。ぼくは、パロに戻りたくない。クリスタルに戻り、クリスタル・パレスに戻って、リンダのもとにまた連れ戻されたくない」

「うむ……」

「連れ戻されれば、今度こそ、ぼくはパロの王太子に無理矢理に立太子させられてしまうだろう。現在、リンダ女王のほかには、パロ聖王家には誰ひとりとして、王位継承権者である人間さえもいないんだ。廃王となったレムスが復権することがあれば別だが、おそらく、まだあと十年はそんな決定は無理だろう。ほかに継承権に一番近い聖王家の身内というと、ぼく以外には、もうずっと傍系のマール公一族になってしまう。しかもリンダは女性だから、聖王家の主流の血筋を継承する男子といったら、もう、本当に、ぼくしかいはしないんだ。ぼくだって、母親は身分のいやしい父の愛妾にすぎなかったよ。本当はこういうことでもなければ、決して王位継承の話が出てくるようなからだじゃない。だけど、もう、ほかには誰もいない。いずれは……リンダと結婚しろという話さえ、出てくるはずだ。いとこどうしだけど、もともと聖王家というのは、その聖なる青い血を守るために、血族結婚を繰り返してきている一族だしね。——ぼくにはケイロニアに一応妻子がいるけれども、かたちとしては、もうタヴィアとは離婚したことになっているのかどうか、そのあとケイロニア皇帝家がどのように法律的な処置をしたのかはぼくは出てきてしまったから知らないけれど、タヴィアとの話し合いとしては、ぼくはさいごに、もう別れたことにしよう、でもマリニアの父親としての愛情も、きみへの愛情もかわらないから、といって、ケイロニアをあとにしてきた。——もしもヴァレリウスたちが、どうしてもパロ聖王家の聖なる青い血を継承させようと思ったら——ぼくがリンダの夫になるほかはない、と、たぶん……帰国しだい、たちまち、リンダがどう思っているかとは無関係に、みながぼくを説得に詰めかけてくるだろうさ。そう思ったら、そりゃ……沈みもするよ。無口にもなるさ」

「まあ、それだけ喋れれば、べつだん無口のほうは問題はあるまいが」

グインはつぶやいたが、マリウスの長広舌もいつもにくらべるとずいぶんと元気がなかったので、聞こえるほどの声ではなかった。

「リンダ女王については、俺はまだ記憶がよみがえらぬ。だが、話には、たいそうな美人だと聞いている。中原一とさえうたわれる美女だというが、お前は、そのリンダ女王と結婚するのはいやなのか」

「美人だとか、美人じゃないとか、そういう問題じゃないよ」

マリウスは全身からしぼり出すような溜息をついた。

「そりゃリンダはきれいだよ。だけど、彼女は、ぼくの兄の――ナリスの愛妻だった女性なんだよ！　ぼくは兄を崇拝していた。だけど、また、兄に対しては、きわめて複雑な葛藤を持っていた。その兄の未亡人をめとって、しかもそれはたがいに愛情があるからじゃなく、パロの王位をつぎ、聖王家を継承させるためだけだなんて――それじゃ、ぼくは本当にただの種馬みたいなものだ。冗談じゃないよ」

「………」

「それに、リンダと結婚しろという話が本当に出てくるかどうかは知らないけれど――だが彼女が女王である以上、このまま子供を持たずにいるわけにはゆかないんだし、しかもし、たとえばじゃあタリク大公とでも結婚してしまったら、パロはクムに併合されてしまう危険性が出てくるんだからね。当然、出るんじゃないかと思うんだけれど——そういうことがなくたって、ぼくはもともと、宮廷に閉じこめられて未来が限定されているのがイヤで、キタラ一本かかえてクリスタルを脱出した、そむいた王子だった。それなのに運命の偶然、ヤーンのいたずらで、ぼくが恋して一緒になった女性は結局ケイロニア皇帝の姫君で、またしてもぼくは不本意なまま最終的にはケイロニア宮廷に閉じこめられることになり——そこからさえ、やっぱりぼくは脱出してきた。死力をふりしぼってね……だのに、今度こそヴァレリウスにつかまってしまった。もう、逃がしてはくれまい——ケイロニア宮廷よりもっと始末がわるい。ヴァレリウスは魔道師だもの。おまけに、パロのために、忠義をつくし、聖王家の繁栄のために命をかけることにしかもう興味がない。ヴァレリウスにとっては、ぼくなんか人間でもなんでもない、ただの思い通りに動かすボッカの駒みたいなものだよ。決してぼくはもう、逃がしてはもらえないだろう。むだなことはしたくないから、おとなしくこうしてついてきているけど……」

「そこまで、王位だの、宮廷を嫌う王子というのも、困ったものだな」

グインはいささか面白そうに云った。

「俺にはわからぬが、もともとお前も聖王家の王子として——たとえ妾腹であるにせよだ、生まれてきたわけだろう。そうして、当然、帝王教育とても受けたのだろう。どうして、そのように、それが肌にあわなくなってしまったのだ。もともとか」

「もとはといえばぼくは本当に、ただの妾腹の王子で、王子とは名ばかりの身分で、だれにも特にかまわれたこともなかったんだ」

マリウスはうっぷんをもらした。

「母親が違うだけで、正妃の子供じゃないというだけでこれだけ待遇が違うかというくらい、ナリスとは扱いが違っていたよ！　だけどぼくはそのほうが気楽だと思っていたけれど。ナリスはいつもいつも、それは大変そうだったからね。朝から晩まで勉強、勉強ばかりで。——それにぼくは八歳までは、母が父に与えられた小さな離宮で育った。父もほとんどぼくたちと一緒に暮らしていたし、その家にいるかぎりは父はパロの大祭司長アルシス王子などという人物ではなく、子ぼんのうなぼくのお父さんにすぎなかった。その父が急死し、母も悲しみのあまり亡くなって、それでぼくはマルガの離宮にひきとられ、ナリスと、そしてリギアと、リギアの父のルナンと暮らすことになったのだけれど、もうそのころから、ナリスはいずれ王位継承権者、そして宰相、摂政、大貴族——場合によっては国王にもなりうる身分だ、ということをものすごく意識して、いわゆる帝王教育を受けることにすごく熱心だった。だけどぼくは——どうしても好きになれなかった」

「帝王教育がか」

「宮廷で暮らすこと、そのものがだよ！　そこにはどうしてこんなに身分の格差があり、ぼくみたいなちっぽけな子供にかしづく家来や奴隷たちがいるのか、食べ物から着るもの、部屋の大きさまで、なんでこんなにはっきりと差別されているのか、それがぼくはいやでいやでたまらなかった。母といるときには、たいして召使いもおかず、それこそフロリーがスーティと暮らしているのにちかいくらいに平和に親子水入らずで暮らせた時間もずいぶんあったよ。それが、マルガに引き取られたとたんに、何ひとつ、親身なものも、気さくなものも、へだてのないものもなくなってしまった。まあ、ナリスとリギアは、両親を失ったぼくをほんとによく愛したりなぐさめたりしてくれたけれどね――でもそのナリスだって、まだたった十歳だったんだし、なんとかしてアルシス王家の地位を回復しようという野心に燃えていた。それにあとから考えてみたら、ぼくこそは――ぼくとぼくの母こそは、ナリスと、ナリスの母ラーナ大公妃から、父を奪ってしまった張本人だったんだ」

マリウスはしんみりと云った。

「それでも、ナリスは一生懸命公平であろうとしてくれたし、ぼくを愛してさえくれたよ！　だからぼくも本当にナリスを崇拝し、愛したけれども――でもその一方で、いつもいつも思ってた。ここはぼくのいるところじゃない――どうしてこんな堅苦しいことをしなくちゃいけないのか、どうしてこうしてはいけないのか、どうして、こうしなくてはいけないのか、いけない、いけない、それぱっかり！　ぼくは本当に宮廷が嫌いだったよ……」

「まあ、いまのお前を見ていれば、それもわかるような気はするがな」

「第一ぼくはそもそも——ぼくの母はヨウィスの民の血をひいているとずっと云われていた。本当だったのかどうかは知らない。でも母は歌も楽器もうまかったし、そのふところで子守唄を聞きながらとてもぼくはそれに憧れていた。いつも一緒に歌っていたよ……そのころからぼくはほんとに歌が好きだった。出来れば伶人の道にすすみたいなあと——そのころにはごくごく気楽な、聖王家にとっては何もとるにたらぬ妾腹の子供だと信じていたから、カルラアの神殿に入って楽人としての修業をすることだって出来るだろうと信じていた。マルガに引き取られたら、何もかも変わってしまった」

マリウスは、また、深い、全身からしぼりだすような溜息をついた。

2

「とうとう、ここは本当にぼくのいるところじゃないんだと思い決めて、十六歳であえて兄にそむいて、宮廷を飛び出してしまったけれども——それでもぼくにはずっと兄が送り込んだ魔道師の見張りがついていて、本当に危険なことになると助けてくれたし……きっととても甘かっただろうな、あのころのぼくは。だけど楽しかった。ようやくすべての桎梏《しっこく》からときはなたれて、ぼくは本当にあっちこっち、足のむくまま、キタラ一本かかえてたずねあるき、歌い歩いた——諸国のカルラア神殿でとめてもらい、歌やキタラの腕をみがき——だんだん大きくなって、腕に自信が出来たら、さすらいの吟遊詩人となり……まあ、その、いろんな、ほんとにいろんなことがあったけれどもね……」

「………」

「だけど、ケイロニアに——タヴィアとマリニアともどもケイロニアに連れ戻されたとき、ぼくは、ああ、本当に自分には宮殿の暮らしなんていうものくらい、向いていないものはないんだとつくづく思ったよ！——ササイドン伯爵なんていう、わけのわからない爵位を押しつけられてね。幸いにも、ケイロニア宮廷では、ぼくがやっぱりそういう公式の仕事には向いてないと思ったんだろうな、あんまりその、ササイドン伯爵なるものの公式任務なんかを、無理にやれやれと強いてくることはなかったし、それにそもそも、ぼくがパロのアル・ディーン王子だってことはばれちゃったから、ケイロニア政府は、ケイロニア皇帝の娘がパロの王子と結婚して子供をもうけた、ってことを、絶対に天下に知られたくなかったんだろう。あくまでもぼくは吟遊詩人のマリウスが、たまたまオクタヴィア皇女の夫になってしまったものだから、ササイドン伯爵なんてものになってしまった、ということにしつづけてくれたから、ずいぶんと助かったけどね。でも、だんだん、やっぱり――グインがあのころのことを覚えていてくれたら一番早いんだけれど、ぼくはやっぱりだんだん、宮廷の暮らしが続くほどに悄然となってきたし、憂鬱症にとらわれていったし、歌も歌えない気分になっていったよ。しかも、ぼくの歌なんか、誰も聞いてくれたいなんて思うものは、いなかったんだし！」

「ウーム……」

「グインはもともと、宮廷にとても向いていたんだと思うよ」

マリウスは口をとがらせた。喋っているあいだに、少しづつ、元気が出てくるかのように、マリウスの青白くやつれてみえた顔にも少しづつ赤みがさしはじめていた。やはり、本当に内向して鬱屈してしまう、ということは、この陽気な吟遊詩人には、不可能だったのだ。むしろ、本当をいったら、そうやって、思っていることをぶちまけたくてたまらないのに、そうできないからこそ、マリウスは鬱屈していたのかもしれなかったのだった。

「いつだってそれは堂々としていたし、公務にだって少しも退屈しないし、あとからあとからおしよせてくるバカ共にも全然へきえきしてないように見えたもの。それが何よりもぼくには信じられないことだった。どうしてグインはこんなことに耐えられるんだろう——ぼくはよく、サイロンでひそかに思っていたものだ。グインだけじゃなく、タヴィアも、とても偉いぼくの義父も！　また、ナリスもそうだし、リンダだってそうだ。要するにぼく以外の人間はみんなだれも、そうやって宮廷で窮屈に暮らすことをイヤだなんて思っていないんだ。だけどぼくはどうしても我慢が出来ない——だったら、出ていってはどうしていけないんだろう。ぼくはずっとそう考え続けていたよ」

「……………」

「いまだって考えている。自分が、いい王さまになれるとも——いい女王の夫になれるとも思えないんだ。どうしてもね。ケイロニアで、いい女王の父親になれるとも思えなかったけれど。それは本当にぼくには向いてない——ああ、どうしてみんなわかってくれないんだろう。ぼくはただ、ただ、単に『向いていない』んだ。そんな人間を、むりやりにそうしたって、なんにもいいことはないに決まっているじゃないか！　だのにどうして、みんなむりやりにそうしたがるんだろう！　ぼくにはわからないよ。もっと、そうしたがってる、王や女王やその眷族になりたがっている、それにとても向いてる人間はいくらもいる。それをそうしてやったらどんなにか喜び、またとても向いていてい い働きをすることだろう！　だのにどうしてそうしないんだろう。ぼくほど向いていない、そうなりたがってない人間を、ただ単に『血が流れているから』といって王だの、王太子だのにしようとするなんて、こんなばかげたことなんかないよ！」

「ふむ……」

「しかもみんなはそれを、ぼくがただ単に『気を変えればいい』だけのことだと思いこもうとしているんだ」

憤懣やるかたなく、といった口調でマリウスは叫んだ。しだいにマリウスの目は爛々と輝きはじめ、ずっと鬱屈の深い底に沈んでいたことさえ、いつのまにか忘れてしまった。それほどに、マリウスにとっては、そうやって鬱憤を吐き出すこと、そのものが、鬱屈に対して効果的だったのだ。

「ああ、どうしてみんな、『そんな簡単な問題じゃない』んだ、ってことがわからないんだろう！　いったい、どうやってこのぼくが宮廷生活になんか適応できると思っているんだろう。いまさら——そう、いまさら、だよ！　グインだって知ってるはずだ。というかグインほどよく知ってる人間はいないはずだ。ぼくが、タイスの宮廷で、気の毒なタイ・ソン伯爵と、どういうことになっていたか」

「……………」

グインは用心深く、何も云わなかった。

マリウスは激しく手をふりまわした。

「タイ・ソン伯爵も気の毒に！　むろんぼくは一生タイスで、伯爵の思い者になって暮らす気はなかったから、いずれはどうあってもここは抜け出さなくちゃいけないなとは思っていたけれどね。だけど、自分のことを、いけにえだの、犠牲者だの、などというように考えたことなんか、あのあいだじゅう一回もなかったよ！　ぼくは、吟遊詩人なんだし、吟遊詩人にとっては、《ああいうこと》は当り前のことなんだし——だけど、王太子だの、王位継承権者にとっては大変なことだよ、そうだろう？　ありうべからざることだ。もしぼくが本当に王太子にされてしまうんだったら、パロの王太子は——それとも女王の夫は、タイス伯爵のもてあそびものだった、ってことになってしまうんだよ。そんなことになったら、パロとクムのあいだにだって、たいへんなあつれきが起きてしまうじゃないか。そうでなくたって、タヴィアとマリニアというものがいるおかげで、パロとケイロニアのあいだにだって、あつれきがすごく心配されているはずだというのに」

「……………」

「それもこれも、ぼくをそっとしといて、勝手にやらせてくれないからおきることだというだけなんだ。ぼくに好き勝手にやらせておいてくれさえすれば、ぼくはいつだってそれはそれは楽しくやっているんだし、それに、誰にも迷惑なんかかけやしないよ！そうだろう」

「ふむ。そうだな」

「どうして、ぼくがパロに、クリスタルに戻らなくちゃいけないのか、どうしてもぼくにはわからない」

マリウスは、やっとまた、もっとも肝心かなめのところに戻った。

「グインはリンダに会いたいという用があるんだし、そしてフロリーとスーティは要するにどこにいったっていいわけで、グインはパロなら安全にスーティが成人出来るのじゃないかと思っているんだろう。だけど、ブランはスーティをいずれは連れ出してゴーラに連れてゆかなくちゃならない、という任務があるからついてきているし、リギアは、とりあえずリンダに挨拶したらまたスカールを捜しにゆくつもりでいる。みんなそれぞれに、自分の目的ややらなくてはならないことがあるからパロを目指している。だのにぼくは？　ぼくは、パロになんか行きたくない。決して行きたくないんだ」

また、しだいに興奮してきたので、マリウスは頬を真っ赤にして、手をふりまわした。

「クリスタル・パレスもゆきたくないし、サイロンの黒曜宮にもゆきたくない。べつだんパロが嫌いなわけでも、リンダがいやなわけでもない。クリスタルそのものはぼくにとっては祖国なんだ、とてもとても美しい都市だと思っているよ。たとえいろいろと戦乱で荒れ果ててしまっていてもね。黒曜宮はどうもぼくには、何から何まで気質が違いすぎてあわない、としか感じられなかったけれども、それでもみんないい人なんだろうってことはわからないわけじゃない。——でも、たとえルーアンの水上宮だろうが、イシュトヴァーン・パレスだろうが、同じことだよ。ぼくがゆきたくないのは『宮殿』であり、『宮廷』であって、ぼくはそういうところで、偉そうな、事実偉い人たちと一緒にやることなんか何ひとつないんだ。ぼくは、名もない一介の吟遊詩人として、キタラ一本を背中にしてふらりふらりとあちらにいったりこちらにいったり、きのうは北に向かったかと思うと、寒くなったらこんどは南で見かけたといううわさ、それから気が付いたらはるかなキタイのみやげものを持ってふらふらと戻ってきたり、そうやって足のむくまま気の向くままにほっついていたいんだ。そんなことをしていて、じゃあ老後はどうなるんだ、からだを壊したらどうするんだ、たくわえもないくせに、というやつはいるだろうさ。いいとも、ぼくはそんなもの、まったく怖くもなんともない。そもそもこんな暮らしをしていて、老後なんてものが問題になるほどまで生きるかどうかだってわからないんだし、からだを壊したら、親切なひとに頼って、親切な人がいなければ路傍で野垂れ死にするまでのことだよ。その覚悟がなかったら、吟遊詩人なんてやってはゆけないよ。そりゃ確かにぼくはちょっと出は異色かもしれない。だけどもう、そうして生活するほうが長くなってさえきたんだから、そうさせておいてくれたらいいじゃないか？　なんだってぼくを連れ戻そうとするんだ。連れ戻さなくてはいけないんだ——ぼくはパロに戻りたくない。クリスタル・パレスなんか、行きたくもないんだ」

「俺をリンダに会わせてやる、といったときには、だが、お前は戻る気だったのだろう？」

グインはおだやかに指摘した。

「あのとき、お前はではともにパロを目指そうと云ったぞ。お前がそれほどまでに、パロに戻るのを迷惑だと思っているのだったら、これまで、どの時点であれ、俺はお前がしたいようにこの一行から離脱すればよかったと思っている。だがあのヴァレリウスという宰相があらわれたからには、そう出来なくなってしまった、ということなのか。それとも、お前はどちらにせよ、俺を連れていってくれても、パロが近くなったら、俺とたもとをわかってまた好き勝手な旅を続けよう、と思っていたのか」

「あんなときにいちいち、ああだこうだなんて先のこと、考えていやしないよ！」

マリウスは、ある意味まことにマリウスらしい、としか云いようのないような答え方をした。

「だってあのときはようやくグインに再会してさ！　ぼくはまた宮廷ぐらしから逃げ出

してきたばかりだったし、ひさびさにグインに会えて嬉しかったし！　あのときに、すぐに、グインがパロにゆくんだったら、ぼくはパロにはゆきづらいから、一緒にゆくのはよそうなんて、云うわけがないじゃないか。ぼくはグインと旅をしたかったんだもの。それに、楽しかったよ——みなはどう思ってるか知らないけど、ぼくは……クムも、タイスも、好きだったよ。タイスだって——そりゃ、いろんなことがありはしたけれど、それにとてつもない、やっぱり相当に頽廃的な都市だなあと思いもしたけど、一生タイスに住んでいるかといわれたらちょっと考えてしまうかもしれないけれども、それでも、ぼくはタイスが好きだよ。だからっていまからタイスに戻る気はないけどね。あのマーロールってやつは、タイ・ソン伯爵と違って、ぼくを囲ってちやほやしてくれたりしそうもないし。それに、まあ、確かにタイ・ソン伯爵の寵愛っていうのも、いったんゆらいだら、ちょっと手ごわそうではあるから、よほどうまくやって、ひけぎわをたくみにしておかないといのちにかかわるな、とは思っていたけどね。でもそれだって、ひとつの刺激ってものじゃない？」

「どうもそのような考え方は、この俺にはあまりないようだな」

重々しくグインは云った。

「だが、お前がそう考える、というのがわからないわけではない。お前は要するに自由でいたいのだな。俺は必ずしも自由のためとはいえないが、お前とあの街道で会ったとき、ケイロニアに連れ戻されることをまだ早すぎる、とても危険なことだと思って、俺を捜しにきたケイロニアの部隊をすっぽかした。理由はまったく違うのだろうが、俺もあのときには、ケイロニアの宮廷に連れ戻されるわけにはゆかぬ、と考えていた。だから、お前が自由のためにそう考えるというのも、あながち理解できぬわけではない」

「だったら――」

マリウスは声を低めた。

「だったらさ。あのヴァレリウスを説得して……ぼくを、パロ国境をこえてしまう前に逃がすか……それとも、ぼくがヴァレリウスの目をかすめて脱出するのを、助けてよ。とにかく、なんだかんだいっても、魔道師宰相とかっていうだけのことはあって、あいつ、けっこう、強いというか、なんでも出来る魔道師なんだよ。おまけにもう、たくさん魔道師部隊の手下まで連れてきちゃっているし。いつもは見えないところについてこさせているみたいだけどね。――だから、ぼくのことなんか、金輪際、逃がしてはくれないだろう。決して見逃しちゃくれない――タイ・ソン伯爵よりずっと執念深いと思うよ、そういう意味では。だから、グインが助けてくれれば……といっても、駄目か。グインが一緒にくるってことはありえないものね。グインはリンダに会うために旅をはじめたので、それがやっとここで、終着点に近づいてきているんだから」

「まあ、そうだ」

「だったら、せめて、ぼくが逃げ出すのを……」

言いかけて、にわかにマリウスは黙った。

ふわりと、黒いフードつきマントに身を包んだ小柄なすがたがあらわれたのである。それはまるで、しだいに色濃くなってゆく夕暮れのなかそのものからあらわれたように見えた。

「ディーンさま」

「ほら、出た」

マリウスはそっと呟いた。

「ぼくは、見張られてるんだ。――そうに決まってる」

「もうそろそろ、お食事の用意が調うようです。――グイン陛下も、あまり長時間おもてにおられましては、おからだにさわるかと存じますが、そろそろお戻りになりませんか」

「ああ、行くよ。もう、戻るところだったんだから」

マリウスは言い捨てると、仏頂面で――というよりもまた、あの、グインに心底をぶちまける以前の鬱屈した沈黙のなかにすばやくすべりこんで、母屋のほうにとっとと戻っていってしまった。

迎えにきたわりには、そのマリウスについて戻るようでもなく、ヴァレリウスは、黒い不吉なすがたを風に吹かせながら、そのマリウスの後ろ姿がちゃんと宿屋の建物に入ってゆくのを見送っていた。もっともここで逃げだそうとするほどには、いかなマリウスといえど、無謀ではなかったに違いない。

「困ったものだ」

それを見送りながら、ヴァレリウスは小声で云った。グインはゆっくりと首をまげ、トパーズ色の目でヴァレリウスを見た。

「ああ？」

「ディーンさまにも本当に困ったことだ、と申しましたのです。——失礼ながら、いまおっしゃっていたお話は、みなうかがってしまいました。盗み聞きをいたすつもりではございませんでしたが、魔道師というものは、遠くで小声で話されている会話でも、音を大きくしてきくように訓練されておりましてね。——唇の動きを読むのとあわせて。もっとも、この読唇術と申すものも、グイン陛下には、およそ通じないのではないかと案じておりますが」

「まあ、そうだろうな」

「それに、何も、意外なことも目新しいこともございませんでしたし。——ディーンさまは、そもそもの最初から、パロにお戻りになるのを——いや、パロにお戻りになったのは、あまり本意でないきっかけであられたのですが、その後パロにずっと御滞在になるのを本当にいやがっておられて、それでパロを何回も、さよう、本当に何回も出奔されてしまいましたので……」

「そうなのか」

「それはもう、お戻りになるたびに、ですね。というか、そういうことなら、お戻りになられなければまだいいと私などは思うのですが――せんにお戻りになったときには、あるじアルド・ナリス陛下のご薨去のみぎりでした。兄上の死にさいしてはさしものマリウスさまも、その死をいたみたいとお思いになったのでしょうね。その後しばらく、リンダ陛下をなにくれと力づけても下さいましたし、そのおりにだけは、そうそう宮廷での暮らしをいとうていらっしゃるようにも思われませんでしたが……」

「おぬしは、本当に、リンダ女王とマリウスを結婚させようと画策しておるのか？」

ずばりとグインは聞いた。ヴァレリウスはちょっと身をふるわせた。

「おお、とんでもない。――陛下はたいへんな誤解をなさっておられますよ。その誤解の、最大のものは、このわたくしヴァレリウスごときに、そんな、女王陛下のご結婚のなりゆきを左右するようなそんな権力がある、という誤解です。リンダさまというのはたいへん、気の強いおかたでしてね。そんな話をお聞きになっただけでも、おぞけをふるってわたくしにお怒りになるでしょう。べつだんものを投げつけたり折檻なさったりなさるわけでもございませんが、あのかたのお怒りというのはわたくしはかいたくございませんね。美女が柳眉をさかだてる、というのは、それだけで、充分すぎるほどの罰を男どもにもたらすものでございましてね」

「おぬし、変なやつだな」

グインは云った。それから少し考えて、また云った。

「ということは、おぬしは、そのリンダ女王に惚れている、ということか」

「なななな何をおっしゃることやら」

ヴァレリウスは大仰に目をむいてみせた。

「わたくしには一生を誓ったおかたがおられましてね。そのかたの追憶だけに生きているようなものでございますから、まあ、云ってみればわたくしなど、生ける屍といったところですよ。そのおかたの遺言さえなければ、とっくにそれこそマリウスさままではございませんが、私もやりたいことをしに、行きたいところへいっているところなのですが、あいにくとパロを守り、自分なきあと、頼り少ないリンダさまをなんとか盛り立ててやっていってくれるように、と、わたくしと――もうひとり、お頼まれしてしまった不運なものがおりましてね。その者もやはり、自分の研究をじっくりやりたいと長年念願しているのですが、まあ亡きかたのご遺志とあってはそうもゆきませんし」

「おぬしは、本当は、どこへいって何をしたいのだ?」

グインは面白そうに聞いた。ヴァレリウスは肩をすくめた。

「それはもう、私は魔道師ですから、もっともっと魔道の修業をしたいのですよ。マリウスさま、いやディーンさま、どっちだっていいのですが、あのかたとお話をしたり、あのかたのああいういいぶんを聞いたあとでいつも私などがむらむらといたしますのは、ね、あのかたは、そういうことを感じるのは『御自分ひとり』だといつも勝手に決めていらっしゃる。あのかたは、他の人間というのは、要するに何の努力もしなくても、宮廷だの、窮屈な役所だの、ばかげた貴族社会のつきあいだの、どうでもいいような舞踏会だのが大好きで、ぴったりと誰ともうまくいって、つまりはそれに生まれついたようなもので、御自分だけがそれに不向きなさすらいの鳥ででもあるかのように云われる。どう持ちまして、本当は誰ひとりとして、そんなものに向いていて、そんなものが大好きなような人間など、いはしませんのです。いや、それはなかには宴会が好きで好きでたまらんだの、舞踏会だけが生き甲斐だのという貴族はおるかもしれませんが、少なくとも私はそうじゃありません。私はもともとが、ただの魔道師でしてね。魔道師というものが好きで好きでこの商売を選んだこと、マリウスさまが吟遊詩人になられた熱意にも負けることはありますまい。でもそれが、ほんとにひょんなことが積み重なっていって、結局どういうわけか、まったくいやしい、それこそ身元もわからぬようなただの魔道師ギルドの魔道師でしかなかった私が、なぜか気が付いたら由緒ある大パロの宰相、などという大役につかされ、ヴァレリウス伯爵、などと呼ばれてしまっていることになりました。あのかたはササイドン伯爵にされたことに文句をいってらっしゃいましたが、順当にクリスタル・パレスで社交界にお披露目されていれば、あのかたのお生まれお育ちからゆけば、ナリスさまがクリスタル公であられるならいずれは何かの子爵、そして伯爵くらいには当然なられたし、ナリスさまが聖王になられたんですから、本当をいったら、いやも応もなくクリスタル公、クリスタル大公かもしれませんが、そういうものにされていたはずですよ。伯爵なんてむしろ格下げというものです。でも私はただの、ほんとにただの庶民の小僧だったんですよ」

「ふむ」

「それが伯爵だの宰相だのってことになりまして、宮廷じゃあまあ、成り上がりだの、何も作法も知らんだのっていいように苛められるし、この着慣れた魔道師のマントも、はぎとられて妙ないやでたまらん貴族の正装なんかさせられるし――いやもう、内戦でパロもすっかり伝統が崩れてしまいましたので、私も宰相の権限を強引に使って、最初にしたことは、ヴァレリウス宰相にかぎり、魔道師であるので、魔道師のマントでどこにでも出席してよろしい、という許可をかちとることでしたがね。これを着ておりませんと、ほんとに自分が自分じゃないみたいで。――それだけじゃなく、魔道師としていろいろワザも発揮できませんし」

「おぬし、随分よくしゃべるな」

面白そうにグインは云った。

「マリウスのにはもう馴れていたが、どうやらパロの男というものはみなおぬしらのようによく喋るものなのか」

「私のどこがお喋りでございますって」

むっとしてヴァレリウスは云った。

「まるで貝殻のように無口じゃありませんか。あの油紙に火のついたようなマリウスさまと一緒にされるとは心外な。——あちらは喋るのがご商売なんですよ。なんたって、吟遊詩人なんですから」

「その吟遊詩人を本当にパロの王太子にすえたら、それはそれでいろいろと問題が起こるのではないのか？　当人がいやがっている、というだけではなくだな」

グインはさりげなく云った。ヴァレリウスは唇をとがらせた。

3

「何ですか、早速、マリウスさまのお願いをきいて、マリウスさまを見逃してやれという説得工作に入られたところですか？　駄目ですよ、私がいま云っていたのは、宮廷が辛いのは何もマリウスさまだけじゃあるまいし、という話だったんですから」

「そうではないさ。俺が見ても、マリウスというのはあまり、伝統ある王国の威厳ある王、などというものが向いているようには思えん。それだけでなく、確かに、タイス伯爵とのことだの、ほかにもいろいろとあるのだろうし、何をいうにも最大の問題点は、マリウスがいま現在、やはりケイロニアの皇女の夫——だかもと夫だか知らぬが、そのようなものであり、そして、その皇女とのあいだに子供をもうけている、ということではないのか？」

「まあ、そうです」

ヴァレリウスはあっさりと認めた。

「本当をいったら、パロ宮廷はマリウスさまに帰ってきていただきたい、どうしても、何があっても王太子についていただきたい、などと望んでいるとはお世辞にも申し上げることは出来ません。そもそもマリウスさまはあまりにも、最初から、向いていなくて出奔したこともはっきりしていすぎますし、それにまあいまおっしゃったようなあれこれもろもろの弱点、欠点——いまとなっては致命的なものも含めてたくさんありすぎますね。タイス伯爵の色子になっていいように毎晩可愛がられていた、なんていうことは、そういう男が自分の新しい夫になるんだということになったらリンダさまなど、うぶですからずいぶんとイヤがられるでしょうが、それは知らせなければすむことですし、またタイ・ソン伯爵がそのままタイスの支配者でいて、このことを、なんらか政治的に利用しよう、などと思うようだったら、それこそタイ・ソン伯爵を秘密裏に消してしまわなくてはいけなくもなるところですが、さいわいにしてタイ・ソンはタイス伯爵の地位から逐われてしまいました。そうなればまあ、どっちにせよマリウスさまが何かあったところでそんなの、いまにはじまったことじゃないし……ま、しょうがないんじゃないか、あの場合生きのびるための方便だったんだから、というようなことで口をぬぐって見て見ぬ振りですんでしまう程度のことじゃありませんか。それより問題は、いまケイロニア王陛下がおっしゃったとおりの、ケイロニア問題ですよね」

「ふむ」

「たとえ、ケイロニア皇女と正式に離婚したところで、マリウスさまが、ケイロニア皇帝のいまのところ唯一の孫、ということはいずれ下手をしたらケイロニアの女帝にさえなられるかもしれないマリニア姫の父親だ、ということは何の違いもありませんしね。ケイロニアが、もしもその父の血を理由に、パロとの関係についてなんらかの修正を望んでくるとしたら、それはもう、わたしらとしてはとても困ったことになってしまいますよ——いま現在、パロは国などといえるような状態じゃあありませんし。もっともこれについてはとても簡単な解決法があるので、私はもっぱらそれをあてにしようと思っておりますが」

「なんだ、その解決法というのは」

「マリニア姫がケイロニアの《唯一》の皇帝家の直系の血筋でさえなければいいわけでね。たくさん、皇帝の血をひくお子がいらっしゃれば、たとえそのなかのひとりの父親が誰であれ、そんなのはまあ、まぎれてしまうだろうし、第一、もしもですよ、アキレウス皇帝家に男児が出生しさえしたら、マリニア姫の皇位継承権はどっとさがりますよ。ケイロニアもパロも、男性の順当な王位継承権者、皇位継承権者がいない場合には女性が王位、帝位につけるしきたりにはなっていますが、男性の嫡子がいれば当然それはそちらが皇太子、王太子になりますからね。——ということは」

ヴァレリウスはずるそうにグインを見た。

「立ち入ったお話になって申し訳ないですが、アキレウス大帝はもとよりシルヴィア皇女の夫であるケイロニア王グインどのをたいへん可愛がっておられ、出来ることならば、グインどのを皇太子に、そして次期ケイロニア皇帝につけたいのはやまやまながら、まあ、諸般の事情あって、それを泣く泣くあきらめ、グインどのをケイロニア王、という称号をあたえて、いずれ生まれてくるであろうグイン陛下とシルヴィア皇女のあいだの子どもの摂政に、ということで考えておられるようです。もとよりシルヴィア皇女は正式の世継でおられるわけですから、シルヴィア皇女が女帝になられても、シルヴィア皇女が男児を出生されても、その場合ケイロニアという大国が、グイン陛下という英雄によって実質的に統治されてゆくことになるには何の違いもない。——ということはつまり、アキレウス陛下としては、いずれシルヴィア皇女なり、場合によってはオクタヴィア皇女なりが、アキレウス陛下直系の血をひく男児をさえ生まれれば、べつだん、マリニア姫のお父上が誰だろうが——まあ、もしオクタヴィア姫がまた、マリウスさまとのあいだに男の子を生まれるようなことでもあれば、今度はこれはマリニア姫の比ではないおおごとになってしまって、中原はたちまち麻の如く乱れる、ということになってしまいましょうが、まあそこはそれマリウスさまがパロにおられる分には、もうよりを戻す可能性はありえない。とはいうものの」

またしても、ヴァレリウスはごくずるそうにグインを見た。

「ご夫君がこうして旅に出ておられるあいだは、まかりまちがっても、シルヴィア姫がお子を生まれる可能性はありえない。というか、生まれてしまおうものなら大変なことで。まあ、時と場合によっては、失踪なさる前にそのう、下賤なお話で申し訳ありませんが、種付けをなさってゆかれたのがその後に十月十日たって芽吹いたという、そのような言い抜けようもございましょうが、ひとつ問題になるのはこのばあい、父君というのは非常に特徴のあるおかた――いやいやいやいや」

ヴァレリウスはにやにや笑った。

「むろん、この豹頭が本当は魔道師にかけられた魔法であるとすれば、生まれてくるお子も豹頭であるかどうか、なんてことはまったくわからないことですが。こんなことの先例というのは、魔道師ギルドの膨大なすべての資料をひもといてみたって、どこにもありゃあしないですからね。でもまあ、そういうわけで――私が、グイン陛下がパロにおいでになり、リンダさまとご面会になり、そうしてパロの魔道師ギルドの力をもお貸し申し上げて陛下がめでたく記憶を取り戻され、そしてケイロニアに凱旋なさる、というこのことのためにこうしてわざわざタイスまでも出向いて奔走しているというのは、決していわれのないようなことではございませんのですよ。それはパロの国益のためにも、きわめて重大な関係のあることでして。グイン陛下とシルヴィア皇女のあいだに、男の子が生まれ、そしてその子がケイロニアの皇太子としてたたれれば、そのときから、マリニア姫の存在の重要性というものは、ぐんと減りますからね」

「…………」

グインは、どう答えたものかと迷うように、一瞬ヴァレリウスのけむるような灰色の瞳を見つめていた。

それから、ちょっと肩をすくめて、結局こういっただけだった。

「それにしても、おぬし、本当によく舌のまわるやつだな」

「これはこれは。本当はグイン陛下とても、きわめて能弁であられることは――そうすることが必要なさいにはですね……私はとてもよく存じ上げておるんですよ。――が、それはまあともかくとしまして」

「…………」

「そういうわけで、ともかく私の希望というのは、まずは、いますぐマリウスさまをパロの王太子につけよう、などとは実はあまり願っておらないのですが、マリニアさまがケイロニアの女帝にはなられないだろう、ということがはっきりするまで、何があっても、マリウスさまが二度とふたたびケイロニアに戻るようなことはないようにだけ、しっかり見張りをつけておきたい、とは思っておりますね。――それに、とにかく、いま現在、パロの聖王家が、長い長いその伝統のなかで最大の存亡の危機に瀕していることだけは、まったく疑う余地はありませんからね。このところずっと――パロの聖王家の人口、というのは減少傾向にありまして、それが非常な問題だったのですが、パロ聖王家というものはまたこれが、ほかの王家と違って——といったらいろいろ失礼にあたるんでしょうが、《聖なる青い血》がきわめて重要でありますから、そうおいそれとよそと縁組は結ばせられません。もうひとつ前の代には、アルシス王子とアル・リース王子、アルディス王子という、三人の王子のほかに、アルゴスに嫁がれたエマ王女もおられましたし、それぞれにアルシス王子もナリスさまとディーンさま、アルディス王子もファーンさまとアランさま、アル・リース王子ことアルドロス陛下はリンダさまとレムスさまという、双子のお子を持たれて、これでまったく聖王家の行く手は安泰と思われていたのでございますがねえ。——レムス陛下がこうして廃王となられ、ナリスさまは亡くなられ……」

ヴァレリウスの灰色の目が、けむるように降りてくる闇を見つめた。

「もういまとなっては聖王家の青い聖なる血をもっとも濃く純粋にひくものは、リンダ女王陛下と、そして逃亡癖のあるアル・ディーン王子、そのおふたりだけになってしまいました。といって、アル・ディーン王子は、妾腹ですから、もともとであったら、とうていリンダさまのむこがねに、というようなお話は出て参りません。リンダ女王陛下は、歴代のパロの青い血のひめみこたちのなかでも、特にすぐれた霊能者で予言者でいらっしゃいますからね。本当なら、終生結婚せず、どこかの神殿に入って、女祭司長として生涯を、パロの守り姫たる予言者として終わるべきかただったのです。——しかし、通常だと、女性の予言者は、結婚すればその霊能力を失うものとされていたのですが、リンダさまだけは、どういうわけか、結婚されても、能力を失われませんでした。それゆえに、なおのこと、このさきリンダさまのお身柄のなりゆきというものが、パロにとっては、命運を左右する最重大事になって参るわけなんですねえ」

「ふむむ……」

「私もまだ迷っているんですよ、正直のところ」

ヴァレリウスはそっと云った。

「これはもう、陛下のほうはお忘れになっておられますが、私と陛下のあいだには、こう申し上げては何ですが、ある種の友情と申しますか、親しみと申しますか、なんというか、そういうものがあったんですよ。何回もお目にかかって、そのたんびに、どういうわけか、陛下は、私のことを、『面白いやつだ』とおっしゃって下さって」

「それは、間違いないな。いまの俺でも、その以前のゆかりというのはまったく思い出せないが、おぬしが面白いやつだということを認めるには何のやぶさかでもないぞ」

「こりゃまた光栄です。ま、その友情、といってしまってはおこがましければ、陛下のご好意に乗じてこそこそと本音をばらしてしまいますがね、私もほんとに困ってるんです。マリウスさまがパロに戻りたくないのと同じくらい、私だって本当をいったら、タイス伯爵とさんざんそのあの何が何してなんとやらだったみたいな、そんなとんでもない遊び人というか風来坊というか、しかもケイロニアの皇女とのあいだに女の子までこさえちゃったなどというあとさきみずの——これは失礼。陛下にとっては義理の兄上にあたるおかたでしたね」

「いやいや、なんでも思ったとおり云ったがいい」

「ま、考えなしの、といいますかね。ゆきあたりばったりの、というか。まあここまで云ってしまえば、マリウスさまもいい面の皮というもんでしょうが、でも本当にそうじゃありませんか。でもって、そういう厄介ごとをいっぱいかかえたそういうかたがですよ、パロに戻ってきて——いなけりゃ、いないで、それなりにこちらも考えようもやりようもありますけどね。戻ってくればそれはそれでしかるべく取り扱わなくちゃいけないし、こっちのそういう迷惑な気持も少しも知らないであのかたときたら、自分だけが被害者みたいに逃げ出そう逃げだそうとばかりしてるし……」

「じゃあ、逃がしてやったらどうなのだ？」

面白そうにグインは云った。そのトパーズ色の目がきらきらといたずらそうにきらめいた。

「そりゃもうそうしたいのはやまやまですよ。だけどね、そうはゆかないんです。だから、いまとにかく、あの方がいなかったら、パロ聖王家の直系はリンダさまただおひとりってことになっちゃうし——いやまあ、その、監禁状態のレムスもと陛下はまったく別問題としてですけれどね。といってリンダさまに、聖王家存続のために、マリウスさまとのあいだにお子をこしらえて下さい、なんてことを進言する勇気なんて、あたしにゃかけらほどもありゃしないし——第一云いたくもないし……ああああ」

「なるほど。おぬしはおぬしなりになかなかいろいろと悩みをかかえておるようだな」

「それがわかって下さるのは陛下だけですとも」

ヴァレリウスはいささか荒い鼻息を吹いた。

「だから陛下はお優しいというんです。それにくらべて、ほんとにまあ、あのワガママ王子というものは……あ、まあ、いやいやいや」

「俺に比べて、誰が何だというのだ？」

「いや、ですから、ほんとにひとの苦労も知らないでというか世間知らずというか、いやいやいやいやいや。でもとにかく、パロに連れて戻れっていうのはリンダ女王陛下の厳命でもありますしねえ、それにまあ、とにかく一人よりは二人、残っていてくれたほうが、何かあったさいにだって、私らだって安心です。そういうとなんだかまるで、絶滅危惧種の動物みたいでいささか気が咎めますがねえ。青い血の聖王家の最後の二人なんて、そんなものでしょう」

「確かに、しかし、そのような話をきくと、マリウスが宮廷に戻りたがらない気持はわからないわけでもない、という気持になってくるな」

グインは笑い出した。

「確かにそれはかなり当人の人間性は無視した話だと云わざるを得ぬし、しかも、それが、もしかしたら青い血をひいてさえいれば誰でもかまわぬのだ、などということになれば、マリウスならずとも、あまりにもそれは自分自身の一生をばかにした話だ、と思うかもしれぬ。といって、まあ、王家の人間などというものはそのようなもので、そこに生まれついてそうして教育されてきたものたちは、いずれにせよ、それをいつかは仕方ない、として受け入れてしまうものなのだろうがな。マリウスの不幸は、そうなるにはいささか強烈すぎる個性と才能とを持っていたことなのだろう。——俺とても、もしもマリウスの立場であったなら、逃げ出したくならんものでもないぞ」

「ほかにですから、大勢王子だの王女だのいさえしたら、私だってマリウスさまに戻ってほしいなんて云いやしませんとも」

ヴァレリウスは請け合った。

「あるいは、グイン陛下が、ケイロニア皇帝となられるべき男児をたくさんこしらえて下さるかですねえ。いやまあ、肝心の皇太子はおひとりだけでいいわけですが、なんと申しましょうか、その、スペアを」

「………」

「ま、そう考えると相当に非人間的なことを云ってるな、っていうことは、私だって思わないわけじゃないです。でも、それは、私じゃあなくて、パロという国家の要請なんですからね。――そりゃ、マリウスさまはああいうご気質でもあり、吟遊詩人として楽しい自由きわまりない暮らしを何年も続けられてしまったことでもあり、そりゃあパロに戻ってクリスタルでうるさい女官どもだの女みたいな口やかましい貴族たちにああだこうだやられながら無理矢理向いてもいない王太子に仕立て上げられてゆくのなんか、お嫌でしょうさ。だが、だったらどうしたらいいんです？　パロが、マリウスさまの代、というかリンダさまの代で滅亡してもいいんですかね。三千年の歴史を誇るパロがですよ。その責任こそ、あまりにも大きすぎて、私なんか、とうてい背負えないと思いますけれどもねえ」

「それは確かに、俺とても背負い込む自信はないな」

グインは認めた。

「だが、俺などは、肝心かなめの、おのれがケイロニア王と呼ばれるようになるまでの記憶をすっぽりと欠落してしまっているせいかもしれぬが、おのれなどが、ましてこのような異形の俺が、ケイロニア王なり、ケイロニア皇帝の後見として、そのような多大な責任を引き受けて、かの伝統ある大国を少しでもおとしめてしまったら大変ではないか、というおそれも大きいぞ。何にせよ、どのような展開についても、巨大な責務を引き受けるというのは、内面の犠牲はともなわざるを得ないだろう。それだけは確かなことだ」

「そうそう。その覚悟が、あのかたにありさえすれば、ってことですよね」

ヴァレリウスはずるそうに、まとめるように云った。

「ともかく、戻ってからまた考えることにしよう、っていうのがいまの私の考えです、ずるいかもしれませんけれどもね。というか、考えるのはリンダ陛下におまかせしたいな、っていうところですかね。それにそれをいったらそもそも、リンダ陛下は女王でおられるかぎり、本当は、再婚はたいがい、よほどのことがなければ出来ない立場ですよ。リンダ陛下が女王のままでたとえばクムのタリク大公などと結婚などしようものなら、立場としては、パロはクムの属国ってことになりかねないじゃないですか。いまもしリンダ陛下が結婚なされるとしたら、まあディーン殿下が一番妥当な線で――当人どうしの問題はさておいてですね、またディーン殿下ならぬマリウスさまに妻子がいるって問題は別として。あとはまあ、じっさいには、カラヴィア公の子息アドリアンどのが、たとえば正式にカラヴィア公になられれば、これは、まあ、一番いいですよね。確かに青い血は薄れてしまいますけれども、カラヴィア公なら、それなりにパロにとっては大事な大勢力ですから、弱まりきっている国内の結束を固めるという助けにはなるはずです」

「おぬしは、なぜ、俺などに、そんな重大な国策や国の行方についての話をべらべらと喋ってしまうのだ？」

グインはいくぶんうろんそうに云った。

「俺は記憶を失っているのだぞ。もしも俺がそうでなくて、立派なケイロニア王のままであればまだしも——いや、だが、もしそうであったら、かえって、俺はそのおぬしの話をきいていろいろわが国のために考えてしまうかもしれんがな。それらの話を聞いているかぎりでは、これまではパロのゆくえに対して何のかかわりもなかったケイロニアにも、マリニア姫、というかたちで、いささかのかかわりが出来てしまったようだからな」

「だからこそ、私としては、大ケイロニアに少しでも、パロのうしろだてになっていただける可能性があれば、ってなことも考えて、いわば非公式に陛下にいろいろ事情をぶっちゃけて、私に同情していただけるよう、こちら陣営に引き入れようとして熱弁をふるっているわけですよ」

ヴァレリウスはにやりと笑って認めた。

「まあ、ともかく、パロにつくまでは、たとえマリウス殿下がどのように考えておられようとそれは私には関係ない、私はただ、殿下を自由に逃がす気持はありません。もしもパロに戻られて、リンダ女王陛下とのお話し合いで、結局マリウス殿下には、聖王家の一員となることは不可能だ、というような結論が出ればですねえ、今度はそれこそ、マリウス——いや、アル・ディーン殿下は完全にパロとの縁を切っていただき、そうしたら、ディーンさまならぬマリウスさまの身柄はこんどは、ケイロニア皇女の夫として、ケイロニアが守ってあげるという義務が出てくるわけですからね。私としてはそのほうが助かるんじゃないかな、とも思ってるんですがね。——いまのパロはとても人手不足でですねえ。とうてい、ああいうほっつき癖というか、逃亡癖のある王子様を守ったり、ずっとその行方を追いかけているために、貴重な魔道師の一連隊を割いたりしているゆとりはないんですよ」

「ふむ」

「まあでも、私としては、リンダさまとマリウスさまがぶじに話し合って結果を出されるまでは、とにかくマリウスさまをおとなしくクリスタル・パレスに連行させさえすればお役目は終わるわけです。少なくとも今回のはね。——正直いって、どう考えても、何回考えてみても、リンダさまとディーンさまが夫婦になって、子どもが生まれる、なんていうのは……私にはどうにも、想像することが出来ないんですけれどもねえ」

「おぬし——」

ちょっと、注意深い目でヴァレリウスを見守っていたグインは、面白そうに云った。

「やはり、おぬし、おぬし自身が本当は、リンダ女王陛下とやらに、ひそかに懸想していて——というようなわけではなかったのだろうな。それで崩壊しかかっているパロ王国を、一生懸命支えて東奔西走しているのだとすれば、それもまた健気な男心というものだが」

「なななななななな」

仰天のあまり、ヴァレリウスはひっくり返りそうになった。そして、あまりに仰天したので、フードをはねのけてその痩せた思慮深げな顔をあらわにしてしまった。あわてて、そのフードをかぶりなおしながら、ヴァレリウスはグインをにらみつけた。

「なんてことを仰有るんです。――とんでもないあて推量はよしにして下さいよ。私があのおてんば、あわわわあのうるわしいわが女王陛下にどうして懸想などするというんです。とんでもない。それはいくら陛下の想像力でも、いささか見当はずれというものですよ。それどころか、むしろ私としては」

「何だ？」

「なんでもありませんって」

むっつりとヴァレリウスは云った。

「ああ、もう、油断もすきもあったもんじゃない。うかうか乗せられてると、陛下のおかげで、とんでもない、云うつもりもなかったことまで口をすべらされてしまう。ほんとにね、あなたのようなかたを、一瞬も油断もすきもならないというんですよ。ましてその、一見まったく無反応な豹頭でそういうとんでもない冗談を言われるんだから。ああ驚いた。――だいたいね、私は、一生涯清廉潔白、不犯《ふぼん》をつらぬく上級魔道師なんですからね。色恋沙汰なんか、私にはもう、一生ご縁はないでしょうよ。ああもうとっととパロの行方なんか放り出して、それともヨナにすべてをまかせて、一刻も早くイェライシャ導師のもとにただの修行中の弟子として行ってしまいたい。それが私の心からなる魂の願いなんです。だのになんだって、こんなところで、まるで群れをはなれたヒツジさながら、あっちにめえめえ、こっちにめえめえ、勝手に草をはみにいってしまうあの放蕩者の尻を追いかけていなくちゃならないんだろう。ほんとに、リンダさまがアドリアンどのとであれ、別の誰かとであれ、再婚を決めて下されば、わたしゃどんなにかほっとするだろうと思うんですけどね。少なくとももう、マリウスさまのあとを追っかけて歩いては大騒ぎするってことだけは、しなくてよくなるわけですからね」

4

そのヴァレリウスの述懐や、マリウスのためらいや煩悶にもかかわらず、かれらの旅は今度は、タイスまでの波瀾万丈が嘘のように静かに、平穏にこともなく続いていった。ミトを出ると、そこからあとは、比較的おだやかな山岳地帯になる。ミトからちょっと南に下るとまもなく、クリスタルからずっと流れるランズベール川の下流につきあり、そこから、川にそって旧街道がサラエムへと続いている。

まだ、パロ周辺のゆたかな田園地帯ははじまっていないが、すでに、山々は山岳地帯と丘陵地帯のあいだのような、なだらかな傾斜を見せ始め、人家も集落も散見出来るようになって、あたりはクムの南端のさびれた国境地帯というよりは、すでに、ゆたかで人口の多い、古くから開けているパロの北部地方の片鱗を見せ始めている。クムという国は、全体として見ればパロとそれほどまさりおとりない人口も有しているが、その大半はオロイ湖より北側と東側——つまりはルーアンとタイス中心ということだが——に集中しており、ヘリム以南の森林・山岳地帯にはあまりひろがっていない。いっぽう、ミトからサラエムに続く街道は、いまはクム－パロ間の交流の主ルートはガヤ－ユノ街道に完全にとってかわられているせいもあって、あまり栄えてはいないが、そのかわり、ランズベール川の南側はサラエム、マドラといったパロ東部の地方都市の傘下にあって、ゆるやかな山地のあいだをぬうように、果樹園と放牧を主体とした、おだやかな居住地帯がずっとひろがっている。そんなわけで、ランズベール川周辺までやってくると、そこは自由国境地帯とはいうものの、住民たちも、どちらかといえば、クムよりはパロ寄りのものが多いし、農作物もパロに運ばれて販売され、いわばパロの「外郭地帯」といったおもむきを呈しているのであった。

その、ゆるやかな山々のあいだをぬうようにしてランズベール川の下流の蛇行が続いてゆく。その川にそうように、一行は馬車でさかのぼっていった。

最初はヴァレリウスは、グインの負傷がはかばかしくないようならば、下ランズベール川と呼ばれているそのあたりで、充分に川幅が広くなったあたりで、船をやとい、グインとフロリー母子だけでも船にのせて、川を遡行する旅程にかえたほうが楽ではないか、と考えていたのだった。だが、ミトから、ランズベール川のほとりにつくまでの一日のあいだで、グインのほうは、なんらかの境い目を越えたかのように、ぐんと段がついて体力を取り戻してきたようだった。結局、ミトとその周辺で比較的ゆっくりといい条件で休めたことと、また、クム国境をこえた、という精神的な安心感が、もともと体力には自信のあるグインの回復をぐっと後押ししてくれたかのようであった。

「このままなら、馬車で、クリスタルまでゆけそうですね」

ミトからランズベール川の下流をめざし、そしてランズベール川にそった旧道をたどりはじめてまもなく、ヴァレリウスはそのように決断を下した。

「ここで下手に大きな船を手に入れようなどと時間をとっているよりは、ゆるやかなこのままの旅程でクリスタルに向かうほうが、ずっと陛下のおからだのためにはよさそうです。それに、もうじき、クリスタルから、私の知らせをうけて陛下とご一行のお迎えにたった部隊が、合流出来るでしょう。むろんもうここまできてしまえば、よほどのことでもないかぎり、陛下やご一行のだれかれのお身柄に危険が及ぶようなことはございますまいが――それは、まあこの魔道師のわたくしがついているのですから、よほどのことがないかぎりは、保証いたしますが、ここで焦らずに、このようにのんびりと旅を続けて参れば、元気な皆様にはいささかのんびりすぎてじれったいかもしれませんが、まあ女、子ども連れでもありますし、そのあいだに陛下もすっかり回復なされると思いますよ。――クリスタルに入ったころには、もうそろそろ、左腕の機能回復のための治療を考えはじめるようにもおなりになれるでしょう」

それは、何も屈託もなくパロを目指してきたリギアとグインにとっては問題なくよい知らせであり、フロリーにとっては――スーティにはまだ何もわからなかったにせよ――

——まだ見ぬ地への到着にいささかの不安をはらみながらも、長年探し求めていた安住の地にもしかしたら一歩近づいたかもしれぬ、という期待を持たせてくれる事実であった。

だが、ほかのものたちにとっては、必ずしもそうはゆかなかった。マリウスが、パロが近づくにつれていよいよ、煩悶と内心の葛藤を強めていったのは、これはもうやむを得ぬことではあったが、それ以上に激しい葛藤にかられていたのは、実は、もうひとり——この一行のさいごのひとりである、ブランにほかならなかった。

ブランは、ゴーラ宰相カメロンの命令をうけ、イシュトヴァーンの知られざる男児であったスーティ——もうひとりのイシュトヴァーンを、父のもとに連れ戻るように——出来れば母親であるフロリーともども——という任務を背負っている。それについて、ともかくもブランは、タイスを無事に脱出出来るまでは——という枷を自分に科して、一回スーティを連れ去ろうとするくわだてに失敗したあとは、もう、ずっとおとなしく、一行につきしたがっていた。いま、もしもこの一行に害をなそうとする襲撃者などがいれば、むろんブランも、ためらうことなく剣をとって戦っただろう。

だが、それとは別に、パロという終着点が近づいてくるにつれて、ブランの顔色はすぐれなくなっていった。グインは、すでにおおむねの事情はわきまえているヴァレリウスに、あらためてひそかにスーティの素性と、フロリーが金蠍宮を出奔したいきさつについて知っているかぎりのことを告げ、「俺の意向としては、フロリー母子をリンダ女王のもとで預かってもらい、中原のさまざまな国家の事情やおもわくとかかわりなく、安全にスーティがのびやかに成長出来るよう、はからってもらえぬかと頼みたいのだ」

ということをもはっきりと告げてあった。それについては、ヴァレリウスのほうも、いささか複雑ではあったが、異存はないようすであった。

「まあ、私が心配しているのは、げんざいのパロにはそう国力も兵力も、自衛力さえも決してあるとはお世辞にも申せませんから、本当にクリスタルがお二人が身をひそめ、そしてスーティ王子が安全に平和に成人されるのに最適の場所かどうか、ということなのですがね」

これは、馬車がいったん、ランズベール川ぞいの街道で馬どもを休ませるためにとまり、フロリーがスーティを河原で遊ばせるために連れ出したときに、馬車のなかでやすんでいるグインに呼び寄せられてその話をきいたヴァレリウスが云った率直なことばであった。

「それともうひとつ、もし万一、スーティ王子というかたが、パロにかくまわれている、と知れた場合、それを取り戻しに、ゴーラ王イシュトヴァーンが兵を出さないだろうか、という危惧ですね。――その場合には、いまのパロには、何ひとつ抵抗する力がありませんですよ、そのように認めるのはたいへんなさけないことですが。かつてモンゴールは黒竜戦役の奇襲であっけなくクリスタルをおとしいれ、先々代の王であるアルドロス陛下とその王妃ターニア陛下の首をうちましたが、いまのパロならば、そのときよりもさらにもろく、あっけなく陥落することとなりましょう。このようなことを、パロの宰相である私が認めていてはいけないんですがね、本当だからしかたがない。というよりも、現在のパロの国力では、そういう状態がイヤだといったところでどうすることも出来ないのです。なんとか、志願兵をつのって少しでも軍隊を整えたいと思ってはおりますが、何をいうにもずっと続いた戦乱で、職業軍人そのものが——あるいは職業軍人になれるような年齢層の男が、パロには極端に少なくなってしまっております。職業軍人を多くするために徴兵をかければ、こんどは、農業や漁業などに従事する男がまったくいなくなってしまい、いまでさえ極端なくらい落ち込んでいる生産性がさらに低下してしまうでしょう。じっさいいまのパロは、毎年ではなくて毎月毎月、なんとしてこの月の食糧の供給を無事にまかなえるだろうとはらはら、ひやひやして綱渡りしているような状態なのです。なさけない話ですが、仕方がない。戦乱のあとなのですから——長く続いた占領と反乱、そしてそれにつぐ内乱からかろうじて復活してきた、というのがいまのパロの実状なのですから。クリスタル市でさえ、本当の意味で復興が軌道にのってくるにはまだあと最低でも十年はかかるだろう、というのがヨナの試算です。いったん、レムス王の暴政と、それにつぐ、まあこれは認めますがナリス陛下の反乱による激しい内乱のために、パロという国家はほとんど崩壊の危機にたちました。それでも、ナリス陛下が聖王国をとりとめられたからこそ、いま現在、かろうじてパロという国家が機能しているのだろうと私は思っているのですがね。——また、レムス軍にくみしたほとんどの聖騎士侯、聖騎士伯、聖騎士たちを糾明して蟄居させたり、あるいはそれらがレムス王と怪物太子アモンのために正気を失ったり、戦いで負傷したり死亡したり罪におとされたりしてしまったため、ナリスさま側についたごくわずかな武官、文官たちだけでなんとか政府というかたちをつけてゆかなくてはならないことになってしまいました。人材どころか、とにかくなんとかして辛うじてまかなってゆくだけの人間の頭数さえいないような状態で、おもだったひとびとはみないろいろなものを兼任させられています。かくいうわたくしだっていま現在は肩書きだけなら三十くらいありますよ。——しかも、新しいランズベール侯はまだ九歳、聖騎士侯の筆頭となっているのはまだ二十歳なるならずのアドリアンどのといったありさまで、新しい聖騎士侯にひきあげられた最年少はなんとまだ十九歳のヴァリウス侯でこれは聖騎士侯の就任の最年少記録です。聖騎士侯の平均年齢はぐっと若返ってしまいましたが、これはあまり褒められたことではなく、つまりは経験不足ということで、なかにはまだ一回も戦場に出たことどころか、公式にはお披露目《ひろめ》目前だった貴族の次男坊三男坊までおります。そうやってまで人材をなんとかかきあつめて、かろうじて格好をつけているのがいまのパロ宮廷で、それでもリンダさまがおかわいそうだ、というのでみながきわめて協力的であるのと、それに確かにこれは認めなくてはなりませんが、リンダさまがとても健気に献身的に、よき女王たろうと努力されておりますのでね、そのすがたを見ていると誰もさからえないですよ。——それに、リンダさまおんみずから節約につとめられ、荒廃しきったクリスタルはもちろんのこと、さらにいったんほとんど廃墟と化してしまったマルガ、ほとんど戦える年齢の男性は壊滅状態にまで陥ってしまったカレニア、などの地方の救済に必死で手をさしのべられていますから、実際の経済だの、武力だのでは破綻してしまっていますけれども、パロそのものの、国家としての団結力や求心力はかつてないくらいの強まりを見せています。国民全員が、美しく健気で純潔な、亡き愛する夫のために、おのれの双子の弟とのたたかいで荒廃した祖国を守り抜こうとしているうら若い気高い女王のために命をかけたいと願っています。これも事実ですよ——ですから、まあ、かつてとは、パロもずいぶんと違った雰囲気になっていることも本当です。以前は、タイスとどっこいどっこいくらいの頽廃的な部分も充分すぎるくらいありましたがね。いまは、これもまあ一時的な反動かもしれませんが、ミロク教徒のフロリーさんだったら涙を流して感動するくらい、清らかで禁欲的な勤勉な風潮がパロをおおいつくしている。ま、そうそう長く続くとは、パロの国民性からしても、思えませんけれどもね」

ヴァレリウスは肩をすくめてみせた。

「それにしても、いまのパロにはまったく自衛力などかけらもないことは、本当です。

だから、もしもグイン陛下が、フロリーさんとスーティ王子の『安全なかくれが』を求めておられるのだったら、それこそ、パロは一番ふさわしくないところですよ。もしもイシュトヴァーン王が、わが子を取り戻しに攻め寄せてこようものなら、ほんとにクリスタルは、恥をいうようですがまる一日もたずに陥落するでしょうからね。そのことを考えると、まあ、パロがなんとかそうやって国家としての機能を取り戻すのは、最低限あと十年、かろうじて機能しているというだけでもあと五年は必要ではないかと思うんですけれどもねえ。食べ物だって、もうクリスタル・パレスでさえずーっと不足しておりますし、リンダ女王御本人だってもう長いこと、新しいドレスなんか、作ってもおられないと思いますよ。そんな金も余裕もないですからね」

「まあ、俺は、フロリーがクリスタルにいったところでそんなに贅沢をしたがるとも思えぬが」

グインは苦笑した。

「ただ、あまりにおぬしらにとって迷惑をかける結果になるようであれば、それは確かになんとかして、フロリーたちをケイロニアに連れていってやるのがいいかもしれぬ、とも思うがな。しかし、それについてもずっといろいろと考えてみたが、イシュトヴァーンの男児、ということになるとな——それを、ケイロニアが庇護し育ててやっていて、もしも、ゴーラ王から、当然の要求として我が子を返せ、という意思表示をつきつけられた場合——」

「よろしいじゃありませんか」

ヴァレリウスは相当無責任に云った。

「イシュトヴァーンのものはイシュトヴァーンに返せ、ということでは。このさい、なんで、グイン陛下は、スーティ王子をお父上のところに返してやる、ということをそんなに拒まなくてはならぬと思っておいでなので」

「俺は、イシュトヴァーンのもとで、あの子がすこやかに育てるだろうとは、とうてい考えることが出来ぬのだ」

グインは暗澹と云った。

「俺は、彼が、ルードの森、ノスフェラスの岸辺で、罪もない女子ども、なかにはスーティくらいの子供ももっと小さな赤ん坊もいたのだが、それをも含めて、おのれにはむかったものたちの残党を、むざんに皆殺しにした現場にゆきあわせてしまった。そのようなことをするについては、イシュトヴァーンにはイシュトヴァーンとしての理屈も根拠もあったのかもしれぬ。だが、俺には、この世で許すことが出来ぬことがひとつだけあるとしたら、それは無力な子供を殺すことだ。それを平気でやってのけられる——そうせよと命令を下すことが出来るというだけでもだな——ような人間を、可愛いスーティの父と呼ばせ、あのすこやかでなみはずれてすぐれた資質をもつ幼児を託すことは到底出来ぬ」

「まあ、ねえ。確かに、このごく少しのあいだおそばで拝見しているだけでも、あの坊やは、けたはずれた大物になりそうな片鱗はいやというほど見せておりますね」

ヴァレリウスは賛同した。

「確かに、もしかしたらその物騒なお父さんよりも大物になるかもしれない、とは、思わないわけじゃあありませんね。知能もずいぶん高いようだし、発育もなみはずれていい。もうあと数年もしたら、あのちっちゃなお母さんより大きくなってしまいそうじゃありませんか。——それに、人好きのする子供ですね。あんなに、人見知りしない子供を見たことがない。まあよほどお母さんがうまく育ててきたんでしょうが、これまでのところは——しかし、だったら、なおのこと、パロ宮廷などというのは、そういう元気で活発でものおじしない子供によいところとはとうてい思えませんんですがねえ——これまでのところは。まあ、いまは逆に、パロ宮廷もずいぶんと変わってしまいましたから、私としては、いまならそれほど心配もしませんで、むしろ気になるのはやっぱり安全の問題になってきますけれどもねえ」

ヴァレリウスとグインが、そのような相談をかわしていることは、当然、二人が馬車にとじこもったまま、あれこれと二人だけで密談しているのだから、どのような展開になっているかまではわからずとも、ブランにも、おおよその察しがついていた。だが、同時に、ブランのほうは、しだいに面上に憂悶の色を濃くしてゆくようであった。ブランは、明らかに、おのれの唯一の剣の主であるカメロンの命令にあくまでも忠実であるべきか、それともグインの道理をつくしたことばに従うべきか、その板挟みがいよいよ最終段階になりつつあることを感じていた。

「むろん、私は、彼からは目をはなさぬようにはしておきますよ」

ヴァレリウスは、グインが気にかけていることもよくわかっていたので、グインが頼むまでもなく、そう請け合った。

「私にはまあ――パロ宰相としては、スーティ王子がゴーラに連れ戻されるかどうか、ということとは、それほど我が国に重大なかかわりがあることかどうかといえば、そうとは思えませんが、しかし、大恩あるグイン陛下にご心痛をかけるのはよろしくないですし、それに、最終的にフロリーさん母子がどのようななりゆきになるかはともかく、いまのところは、私の任務は、このご一行を無事にクリスタルに到着させること、ですからね。マリウスさまを脱走させないのと同じくらい、私には、スーティ坊やがあの彼に連れ去られるのを予防する責任はあると思っています。――でも、気の毒ですね。ブランどのでしたっけ、彼はなかなか生真面目そうですものね。まあ、沿海州の人だから、本当に融通がきかないというわけじゃあないんだろうけど、あんまり悩んで、どうすることもできなくて自分で自分をその板挟みから楽にするためにランズベール川にでも飛びこんでしまったりさせても気の毒だし。——ついきのうも、なんだかものすごく深刻な顔でずっと馬の上から、ランズベール川を眺めていましたからね。あのまま飛び込んじゃうんじゃないかとちょっとハラハラしましたよ。まあ、すまじきものは宮仕え、ってことですかねえ。それとも、グイン陛下が魅力がおありになりすぎたのが、彼にとっては災難だったのか」

「……………」

これについては、グインもどうとも答えようがなかった。

だが、パロが確実に近づいてくるに従って、ブランが憂悶の度合いを強めているのは本当であった。それゆえ、グインのほうも、さりげなく、見張る——とまではゆかずとも、ブランからそれとなく目をはなさないようにすることを怠らなかった。それは当然、当のブランも感じているのだろう。いまのところ、深更にひそかに起きだしてスーティを母のもとから連れ出してゴーラに向かって抜け出す、というようなことはするつもりはなさそうだったし、また、ヴァレリウスたち魔道師団の見張りがある以上、そうしようとしても無駄だっただろうが、その分、確実にブランの顔色は浮かなくなってゆきつつあった。

マリウスのほうも、ランズベール川にそってのぼるようになり、いよいよあたりがパロ色を強めてゆくにつれて、やはりだんだん浮かなくなってきて、これはひどく露骨に、しょんぼりと首をうなだれてしまい、あまり誰とも口もきかなくなることがいっそう激しくなってきていた。マリウスに内心かなり思いをよせているフロリーは、マリウスのそのような変化にひそかに心をいためていたが、しかし、マリウスがすっかり変わり果てて、まわりに誰も寄せ付けようともしないし、誰とも口をきかないで、食事もすすまぬようになってしまったので、内気でおとなしいフロリーには、強引に近づいていって（何を悩んでおいでなんですの？）とマリウスの内面に踏み込もうとすることも、出来なかった。また、うすうすは、フロリーにも、マリウスの憂鬱の原因は充分すぎるほどに察せられていたのであろう。

そっと、マリウスを、馬車のなかで、スーティを膝にのせたまま見守っているフロリーの目は、いつも、とても同情的で、そして心配そうにかげっていたが、マリウスは強情に窓から外を見つめたまま、誰にも声をかけられまいとしていた。そして、その肩にもうしろすがたにも、全体から、拒否、という二文字が立ち上っているみたいにみえたので、とうてい、おとなしいフロリーにはその壁を突破することなど、出来るべくもなかった。それで、何ひとつ憂悶に巻き込まれる理由も——若干の不安こそあったにせよ——なかったにもかかわらず、少しづつ、フロリーのおもてにも、いつのまにか、憂悶の色が濃くなってきはじめていたのであった。

（早く、なんとかしなくては——とりかえしのつかぬ場所までたどりついてしまう）

（パロ国境をこえたら、もう逃げ道はない……）

（パロ国境をこえたらあとはもう、サラエムからクリスタルまでは一本道だ――）

（もう、国境をこえたら、二度とパロから出てゆけなくなる……）

（国境をこえれば……もう、おのが命をかけても、任務の遂行は不可能になる……）

マリウスと、ブランと、二つのその憂悶が、それぞれ、からみあうこともなく、一行の道中に奇妙な影をおとしていたが、それでもなおかつ、旅は平穏だった。

そして、その二人のうちで、先に気持を決めたのは、ブランのほうであった。やはりなんといっても、マリウスの葛藤よりは、ブランの葛藤のほうが、《命令》がらみである分、決断しやすかったのかもしれぬ。

「明日は、いよいよ、サラエム郊外のダリド橋を渡って、ランズベール川を渡ります」

ヴァレリウスがそう告げたのは、ミトを出て、二日目の夜であった。本来、騎馬隊であれば、おそらく一日でこえていた距離であっただろう。

「ランズベール川を渡ってパロ領に入りますので、明日は、橋の手前で国境警備隊の審査になります。――むろん私がついておりますし、正式の手形もございますし何の問題もありませんが、いったん入国してしまえば、こんどは出国するさいには、私がまた手形を発行することが必要になります。――もしも、パロ領内に入ることになんらかの問題のおありになるかたは、ここで私に云っておいていただければと思いますが」

ヴァレリウスがそのようなことを言い出したのは、明瞭に、ブランに向けたものであった。マリウスはたとえ、それでは自分はパロには入らないでよそへゆきたい、といったところで、そうさせてもらえるわけはない、ということくらいは、とっくに知っていたからだ。

ブランは、いよいよ決断すべきときがきたことを悟ったようであった。ヴァレリウスもまた、それについて、ひそかに考えていたからこそ、あえてその日のうちに渡河して国境を渡るかわりに、橋の手前の小さな村でさらに一泊する、という予定を組んであったのだ。

「陛下」

その夜の泊まりは、サラエム郊外とあってとうてい立派な本陣とはゆかず、それでも一応その村では村長格の土地の富豪の屋敷を借りてあった。それぞれに室に落ち着き、夕食まで一刻、というときになって、ブランは、思い詰めた顔で、グインの室の戸を叩いたのだった。

第二話　ルアーの忍耐

1

「貴重な、お休みの時間をお邪魔してしまって、申し訳もございません」

入ってきた、ブランのすがたをみて、グインは、すべてを悟った。ブランは、宿に入って、あてがわれた室にいったん入ったが、そこで旅装をとくかわりに、革マントと革のブーツに身をかため、最初に会ったときのような傭兵のなりに戻り、そして剣を右手に提げ、いますぐでも旅立てるよう、すっかり長旅の支度をすませた格好になっていた。

「行くのか？」

「はい。陛下」

「ゴーラに帰る決意を固めたのか」

「はい」

ブランは、真面目な、そして云うに云われぬほど複雑な表情で、じっとグインを見つめた。

「ずっとこれまで旅の途中、おのれはどのようにふるまうべきか、どうしたらよいのか、もののふとしていかにあるべきかを真剣に考え詰めて参りました。が、ついに、こうするほかはない、とおのれに決断いたしました。これより、わたくしは、ゴーラへの帰途につくため、陛下のお供から離脱いたします。――もう、ヴァレリウスどのとその配下のかたがたも陛下ご一行をお守りしておられますし、ほどもなくパロ国境をこえる、という地点までも参りました。国境には、陛下がたをお迎えのパロの軍勢も待っているとうかがっております。もはや、陛下を護衛するという必要もなくなりました」

「もとより、おぬしは俺の部下でもなんでもない」

グインは静かに云った。

「それどころか、むしろ俺には、敵対する立場といってよい。それを、よく、ここまでこうして俺に力を貸してくれた。礼を言うぞ、ブラン」

「何をおっしゃいます」

ブランはうめくように云った。まだ、ブランのなかでは、ひそかな葛藤がすべて解決したわけではないことは明らかであった。そのおもては、このしばらくでかなりやつれを発していたし、顔色も思い詰めているかのように青白かった。

「もともとは異なる国の王といいながら、もしも私がカメロンに剣を捧げ、生涯ただひとりのあるじとしている、ということさえなければ、何をおいてもお仕えしたかったおかたでございました。——もう、ここまで御一緒させていただいたことゆえ、正直に申し上げますが、私はもとより、ゴーラをわが祖国として忠誠を誓う者では、決してございません。——ゴーラをおのれの祖国と思ったことはひとたびとしてございません。また、こう申してはあるじに申し訳ないながら、イシュトヴァーン王をわがあるじとして選んだこともございません。……私はただ、船長カメロンの水夫として、カメロンという男に惚れ込み、一生を捧げたからこそ、そのカメロンに従ってどこまでも参ろうと、カメロンがおのれの船をも、また祖国ヴァラキアをも捨てたときにも、行動をともにいたしました。——私だけではございません。私が籍を置くドライドン騎士団、この騎士団の成立時よりの最初からの成員百余名はいずれも、カメロンを崇拝し、カメロン個人に剣を捧げ、それゆえに、二度と祖国ヴァラキアには帰郷もかなわぬ、家族にも会えぬと知りつつ、あえてカメロンに従ってゴーラにやってきた者たちでございます。——そうでなければ、私は——私は」

ブランは激しいこみあげてくるものをおさえかねるかのように、ふるえる唇をかみしめた。

「私は海の国ヴァラキアで生まれました。どれほど、海を愛し、祖国ヴァラキアを愛していたことでしょう。いまだに夢に見ます。——いったんは、もう、こうなった以上、カメロンにも別れをつげ、ゴーラに戻ることなくヴァラキアに戻って、しがないそのへんの水夫として一生を船の上で終わろうかとも考えてみました。しかし、私はドライドン騎士団の副団長、この最初からきわめて困難であることのわかっていた任務を、カメロンより、直接、お前ならばと見込んでさずけられた身です。その信頼にそむくことは、やはり私には出来ません」

「それは当然だ。なればこそ、おぬしは、俺が頼むに足ると見込んだ勇士であったのだからな」

「そのようにおおせいただくような、そんな大それたしろものではございません。今日のこの決断を下すまでどれだけ迷い、そして苦しみ、まどうたことか」

ブランは苦笑した。

「しかし、もしもそうしてドライドン騎士団をひくにしても、その前にとにかく、任務完了ならず、の報告のみは、カメロンにしなくてはならぬと考えました。それゆえ、私はこれから、ゴーラに戻ります」

ブランは、内面の苦渋を吐き出すかのように云った。そして、そうすると同時に、ゆっくりと、おのれの右手に下げていた剣を、左手に持ち替えた。

「そうか」

グインはそれしか云わなかった。

　だが、ブランのことばに答えるかわりに、グインは不思議なことをした。ゆっくりと立ち上がり、くるりとブランに背中を向けて、窓際に立ったのだ。それは、ある意味きわめて無防備な姿勢であった。

　それを見たとたん、ブランは、小さくがたがたと震えだした。グインは、ブランに無防備に背中を向けたまま、まるで窓の外から見下ろせる、ランズベール川の景色に見とれてでもいるかのように、のんびりと立ちつくしている。むろん、その手にも腰にも剣はない。グインの剣は、はなれた壁の上に剣掛けにかけられたままであった。

　しばらく、奇妙な、息詰まるような沈黙が立ちこめた。それから、ふいに、ブランはほうっと深い吐息を漏らして、剣をまた右手に持ち替えた。

「何もかもお見通しでおられる」

　低く、つぶやくようにブランは云った。

「やはり、私などでは——とうてい、及びもつきませぬ。——陛下は何もかも、わかっておられる」

「何をだ」

　呑気そうにグインは云った。

「斬りかかってこぬのか？」

「参りません」

「俺は、丸腰だぞ。それに左腕を負傷して、片腕しかきかぬ。斬りかかってくるには、ちょうどよいのではないかと思うぞ」

「丸腰だろうと、片腕だろうと……私ごときが、軍神たる陛下にかなうすべとてもありませぬ」

ブランは云った。もう、何かが吹っ切れたかのように、いっそブランの声はさきほど入ってきたときより、ずっと明るくなっていた。

「陛下はすべてわかっておられたのでございましょう」

「何をだ。——おぬしが、あわよくば俺に斬られようともくろんだ、ということか」

「……………」

ブランは苦笑した。そして、さげていた剣を、自分も丁寧に、壁際において、そしてグインのななめうしろに近づき、グインの肩ごしに、窓の外の暮れてゆく風景にじっと目をやった。

「いくたびか、陛下に斬りかかって、強引に斬られてしまえば、この苦衷もなくなるのだ、と思って、すきをうかがったのでございますがね。この数日間、実を申せばずっと」

ブランは云った。グインは肩ごしにブランをちらりとふりかえった。

「わかっていた。ときたま、おぬしから、妙にこれまで感じたことのないほど強い殺気が出てくる。だが、おぬしはもう、スーティを連れ去ろうという気持はほとんど捨てているように俺には思われた。──となれば、それ以外でおぬしが俺を殺害したいと思う理由はない。おぬしはそのような命令は受けておらぬからな。ということは、ただ、おぬしのようなさむらいが、おぬしのような立場におかれて、考える結論はただひとつ、どちらも選ぶに選べぬ苦しいときに、いっそおのれが斬られてしまえばすべては終わる──カメロンの命令にそむくこともなく、また、俺を悩ませることもない、というのだろう」

「恐れ入ります」

ブランはもう、すべてを吹っ切れたように、にっと笑った。

「この旅のあいだに、私もひとかたならず、スーティ殿下には、どうも愛情を抱くようになったようでございましてね。……その殿下を──あれほど、地下水路で怖い思いをしながらただひとりお母様を待っておられたり、その前にも私が連れ出してさぞかし怖い思いをおさせしたり、さんざんつらい目にあわせてしまって、この上、私が拉致してす──しかも、そうなれば当然今度はヴァレリウスどのもおいでだし陛下も追ってこられる。殿下の目の前で斬られて、幼い殿下のお心をいっそう傷つけたり、恐しい記憶を残すよりは、いっそのこと俺が殿下に知られぬ場所で斬られていなくなってしまえばいい、と思ったのですが……なかなか、やはり、そうは参りませんでしたね」

「スーティのことを、イシュトヴァーンのもとに連れ戻すのを諦めてくれたことについては、俺は、一生、忘れぬ。おぬしにこの上もない恩義を受けた――おぬしのようなもののふにとっては、カメロンの命令は絶対で、それこそいのちを捨ててでもまっとうしなくてはならぬものだろう。それをあえて、何もせずここから帰国すると心に決めてくれたことで、俺はおぬしにきわめて大きな借りを作ったと思うぞ、ブラン。このことは決して忘れぬ。また相会うを得たときには、この借りは何をおいてもかえすつもりだ」

「とんでもない。借りなどとは……むしろ、私のほうが、いくえにも陛下にお詫びしなくてはならぬところで。スーティ殿下を連れ出そうとしたり――いろいろと御迷惑をおかけいたしまして。しかし、せんにも申し上げましたが、私は、決して、グイン陛下のおおせになることが、わからなかったわけではございません」

ブランはちょっと淋しそうに笑った。

「カメロンはともかく――イシュトヴァーン陛下のもとにスーティさまが戻られて、よし母上と御一緒だったとしても、幸せになられるかどうかは、わかりません。――イシュトヴァーン陛下が、スーティ王子をどう感じられるか、それはまったく私にも想像がつきませんのです。ドリアン王子については、むろんその母上が、出産と同時に自殺されたとか、うらみをこめて《悪魔の子》と命名されたとか、またその母上との確執とか、いろいろな理由もございましたろうが、イシュトヴァーン陛下ははじめてのわが子として可愛がるどころか、むしろ見るのもいやなくらい嫌っておられ、最初に乳母が抱いて面会させようとしたときに、押しつけられたドリアン殿下を投げつけてあわや怪我をさせるところだった、という恐しいお話もきいております。あのころはもう、宮殿はその話でもちきりでございました。赤ん坊には何の罪もないだろうに、いたましい、と誰もが申しておりました」

「………」

グインは辛そうに黙り込んだ。

「それがアムネリス王妃との確執がそのお子にまで及んだだけで、愛妾であられたのなら、フロリーどののお子であるスーティさまのことは、うってかわって可愛いとお思いになるのか、それとも、あのかたは——うちのおやじさん、いやカメロンのことばによれば、あのかたは非常に不幸な育ちをして、ろくろく親の愛も知らず、それゆえに、親として子を愛することも知らぬだけなのだ、ということです。カメロンはなんとかして、その不幸を埋めてやりたいと、一生懸命イシュトヴァーン陛下を愛し導こうとしてきたようですが——もしも、スーティさまだろうと、ドリアンさまだろうと、変わらずに、ただひたすら『おのれの子』であるということで、イシュトヴァーン陛下が憎んだり、おそれたり嫌ったりされるとしたら、これは——そのお子にとってはまさしく大変な不幸、こうしてはなれたところですこやかに、この上もなく幸せに育ってこられたスーティさまにとってはかえって、生まれ落ちたときに母を失われたドリアンさまよりもかえって辛い不幸となりましょう。グイン陛下がそのようにおそれられ、また宮廷の内部にはつきもののあれこれの浅ましい争いを考えられて、ドリアン王子とスーティ王子をそれぞれ押し立ててのお家騒動に巻き込ませるようなことは、断固としてなさりたくない、とお考えになること、それは、このブラン、決して理解しないものではございません。――いや、むしろ、とてもよくわかります。わたくしとても、こうしてスー坊、スー坊と膝にのせたりあやしたり、一緒に遊んでやったりしてずいぶんな時間を一緒に過ごした分、情がうつっておりますし、また、スーティ殿下がなみはずれた素質をもつ、衆にすぐれたお子だ、ということも誰よりもよく見聞きしたと思っております。そのスーティさまを、ゴーラに連れ戻したくない、と陛下がお考えになること、本当をいえばこのブランにはよくわかります」

「……………」

「なれど私とても宮仕え、主をもつ身、主の命令こそは絶対――そうであればこそ、いっそこれほど敬愛するグイン陛下のお手にかかってしまえば、もう苦しむこともなくなるかと、ずいぶん思い詰めて――」

ブランはもう、すっかり晴れ晴れと笑った。

「最後の瞬間に、お別れと思いのたけをすべて申し上げ、そして陛下に斬りかかったら

——むろんたとえお怪我をしておられようと、何があろうとこのブラン風情に、かすり傷ひとつおわされるような心配のある陛下ではなし、そうすれば、私は無事に陛下に斬られて葛藤の苦しみからも、カメロンを、副団長は命令ひとつ守れぬ無能なやつと失望させ、私もたのみにしてきたカメロンの信頼を失って絶望することからも逃れるのではないかと考えてもみましたが——そのように、陛下に平気でお背中を向けられては」

ブランは笑った。

「陛下のその広くたくましいお背中が、なんだか、私の浅慮をわらっておられるようで——それを見ていて、ああ、もうだめだ、陛下はすべてお見通しだ——何をしている、ブラン、お前が無能なのだから、とっととゴーラに尻尾をまいてかえって、カメロンにわびて——それでもしカメロンを失望させたのなら、処刑されようと、降格されようと、かまわぬではないか、と思ったら、すっかり気持が晴れました。——いまは、何も思い残すことなく、旅立てますよ、陛下のおかげです」

「俺は何ひとつしてはおらんさ」

グインは苦笑した。そして、ようやくゆっくりと身をひるがえして、ブランのほうに向き直り、ゆっくりと長椅子に腰をおろした。

「俺は、ドーカス・ドルエンにも、一緒に来ぬか、と誘った。が、いずれそれを神がゆるせば、と断られた。——おぬしが決意をかためたのはわかったが、俺もいま一度だけ、云ってみよう。ブラン、おぬしはまことに勇士だ。おぬしがカメロンどのへの剣の誓いを裏切るとはつゆさら思えぬが、それでもひとたびだけ、聞いてみたい。カメロンどのが許せばだが、俺のもとへ来ぬか。俺はおぬしが好きだ。おぬしの剛毅な魂と、率直で勇気ある高貴な気性が好きだ。出来るものなら、おぬしのような部下を持ちたい。カメロンどのに、俺から、なんとかブランを貰えぬかと書状なり使者なりたてて頼んでもよい。そうやって、おぬしの葛藤を解決してやれるものならば」

「とんでもない」

ブランは思わず、飛びすさるようにして、入口近くまであとずさった。

「そのようなおそれおおいこと——あまりに身にあまるおことばをいただき、光栄というより、恐しくてどうしてよいかわからなくなってしまいますが——しかし、それはご勘弁下さい。カメロンに対する忠誠は何ひとつ、かわる理由がございません。もしも、これで任務を完了し、成功して、それをみやげにカメロンに帰参して、これこれこうで、自分はこれよりドライドン騎士団をぬけ——むろんあとのことはすべてかたをつけ、おのれのあとがまもちゃんと育てて、そののちにケイロニアにおもむきたい、と申し出て許しを貰うのであれば格別、私は任務に失敗して帰る身です。そのわたくしを、そのようにかっていただきましては——まるで、私は、おのれの任務のむざんな失敗を、陛下のおなさけにすがってごまかそうとする情けないかぎりの男になってしまいます。その儀ばかりは、お許し下さい」

「おぬしは、そのように思うのだな。まあ、それでこそ、もののふというものなのだろう」

グインは静かに云った。

「わかった、ブラン。では、無事に帰国するがいい。カメロンどのにはよしなに伝えてくれ。俺も——いまは、すっかり記憶を失ってしまい、カメロンどのとのあいだに結んだはずの友情までも忘れはててしまったなさけない限りの身の上だが、しかし、ブランを見ているだけで、ブランほどのもののふにこのように信頼され、尊敬されているカメロンどのがはや慕わしい。——いずれ、相会うて、ことばをかわし——パロで記憶を取り戻せればよし、さもなくば、あらたな友情のきずなを結ぶことが出来ればこれにまさる幸せはないと、豹頭のグインは思っている、とな」

「ありがたきおことば、必ずカメロンにお伝えするでございましょう」

ブランは片膝をたててひざまづいた。その膝の上にこうべをたれ、騎士の礼をおこなった。

「帰途は単身ゆえ、さして時間のかかることもございますまい。よほどのことがなければ、帰り着けぬということもございますまいかと。それにつきまして、さいごに、陛下。申し上げておきたいことがございます」

「これを申し上げるのはブランにとっては断腸の思いでもございますが……」

ブランはいよいよ低く頭を垂れた。だが、それから、何かをはねかえすかのように、きっと頭をもたげ、正面からグインを見上げた。

「私は、これよりゴーラにもどり、イシュタールに帰参して、あるじカメロンに、見聞きしたことすべてをありのままに報告いたします。むろん、フロリーどのと、スーティ王子の現状、またスーティ王子がどのようなお子であり、どのような資質をもっておられるかということも、御報告いたします。ここにいたるまでに起こったすべての出来事について詳細な報告書を作り、むろん陛下がこの一件ではたされた役割についても、陛下が記憶を失っておられることについても、細大漏らさずおのれの義務として詳細に報告いたします」

「……………」

「ということは、むろん、スーティ王子とその母上が、グイン陛下のお考えによって、パロに預けられる見込みである、ということも報告いたすことになります。この報告書を読んで、わがあるじカメロン及びその主君イシュトヴァーン陛下がどのように考えられ、どのような判断や決断を下されるかは、一介の騎士であるこのブランの知るところではございません」

「それは、もっとも至極だな、ブラン」

「カメロンはもとより、スーティ王子を連れ戻して参れ――出来るものならその母上も一緒に、と私に命じたくらいで、スーティ王子をイシュトヴァーン王のお手元に取り戻したい、という思いは強く持っていることと思います。ドリアン王子がおいでになっても、いや、おいでになるほどに、逆に利発なスーティ王子がいればイシュトヴァーン陛下のお気持ちが和むのではないかとか――あるいはまた、二人の王子がいれば、のちのち助け合って新興のゴーラを守っていったり、お二人力をあわせて父上をもりたてていったり、そのようなお力も期待できようかと思っておりましょう。それゆえ、私がいくじなくも任務に失敗したことを知れば、当然、カメロンは――あるいはイシュトヴァーン王陛下は、別の方法で、王子を取り戻したいとお考えになると思います」

「ウム」

「そこまでもむろん、当然グイン陛下はお考えになっておられましょう。そのお考えのはての決断については、私はうかがいません。むしろ、知らぬほうがよろしいかと思います。が、私が申し上げられるのは、私はとにかく、ゴーラに戻り、すべてをありのままに報告するであろう――その結果がどのようになるかはわからぬ、ということだけです。……もしかしたら、イシュトヴァーン陛下は、いまさらもう、母の違う王子などを迎え入れても、それこそ陛下がおそれておられるように内紛のもと、事情は違うながらパロに名高いアルシス－アル・リース内乱と同じ結果を招いてはとお考えになるかもしれませんし——そうでないかもしれません」

「もう、わかった、ブラン。それについても、よく云ってくれた、というしかないが、俺のほうもちゃんと考えてはおく。心配するな」

「といって……わたくしは……」

ブランは口ごもった。その誠実な、精悍なおもてに、なんともいえぬ苦しみの色があらわれた。

「私が何よりも恐れておりますのは……万一、それで私がそう申し上げたことで、陛下が……パロにスーティ王子とフロリーどのをおいておくのはパロに迷惑がかかるやもしれぬと……お考えになり、ケイロニアに……王子母子をお連れになられた場合——それでもあくまでも、イシュトヴァーン陛下が、わが子を取り戻そうと……正当な父親のもとで育つが当然とお考えになられた場合……」

「ああ」

「そしてケイロニアが、その引き渡しを拒否された場合……万一にも、ゴーラ対ケイロニアに……戦端が開かれるようなことがあれば、私は……いまとなっては第二の剣のあるじとまで、お慕いしておりますます陛下に……ゴーラの一剣士、カメロンの部下として……兵をひきいて、剣をむけねばなりません。——このことを、考えますと、このブラン、いっそいますぐ──陛下にこの場で討たれてしまったほうが、どれだけか……」

ブランはたえかねたように、嗚咽をかみしめた。

「そこまで、考えるな、ブラン」

グインはなだめるように云い、つと立ち上がって、ブランのほうへ近づくと、そのたくましい肩に手をかけた。

「まだ、そうなると決まったわけではないし、俺がケイロニアにスーティを連れ戻るかどうかも、パロにとどまらせるかどうかも、心を決しているわけではない。だが、むしろんパロに迷惑はかけてはならぬ、とは考えているがな。しかし俺がケイロニア王なればなるほど、逆に、しかも記憶を失ったままの俺が、おのれの国たるケイロニアに迷惑をかけるわけにもゆかぬ。──これから先、まさに、パロに無事たどりついてからが、今度は俺の悩みどころだ。だが、いずれにせよ、俺はスーティによかれとのみ思って行動しようと思っている」

「は──は……」

「もし万一にも、ケイロニアとゴーラのあいだに戦端が開かれるようなことになれば、そのときこそ、逆に、おぬしと俺が肝胆相照していること、カメロンどのが俺について知っていてくれることなどが、両国が平和を取り戻すために役に立つというものさ。俺も、おぬしに剣を向ける気にはたぶん決してなれはせぬ。──いつなりと、おぬしが俺のもとにきてくれればよいと、待っているほどなのだからな。だから、案ずるな。何もかも、よいようにゆくさ。そう、信じていよう。待て、而して希望せよ、だ」

「待て、而して希望せよ……」

はっとしたように、ブランは繰り返した。

「さようで、ございますね……」

「ああ。すべてはヤーンのおぼしめしだ。すべてはよきようになるだろう……なるようにしかならぬ。だがヤーンのなされたことにはひとつとして、意味のないことはない。それが俺の考えだ。俺はただ、そう信じている。またいつか会えるさ――たとえ戦場であろうとも、そのときこそ、俺がおぬしに抱いた信頼や敬意がものをいって、我々を正しい結末に導いてくれるだろうさ。俺はそう信じているのだ」

2

かくて――

その夜のうちに、ブランは、ヴァレリウスにも話をして、もうその宿にとどまることなく、ひっそりと出発していったのだった。

スーティにも、またフロリーにも、むろんマリウスやリギアにも別れを告げることなく、ブランはひっそりと夜のあいだに単身この地をはなれていった。ブランが別れを告げたのは、グインだけであった――グインが、スーティには会ってゆけばよい、とすすめたのだが、ブランは、それを拒み、「なるべく早く、私のようなものがいたことは、スーティ王子殿下には、お忘れいただくことが一番かと」と言い残した。だが、それでも、内心はブランはとてもスーティを可愛がっていたし、また、おのれが拉致したさいのスーティの態度にも、きわめて感服しきっていたので、スーティと別れるのはかなり辛そうであった。

「お別れは、申し上げずに参りますが……」

ブランは、ひそかに夜陰に乗じるようにして出発してゆくのを、ひとり見送りに出たグインに、そっとそう洩らした。

「もしもご縁あって、スーティ殿下がゴーラに戻られ――そしてスーティ殿下がゴーラの統領となられるのであれば、私は、どんなにか歓喜して、殿下にお仕えするでありましょうか。そのおりには、カメロンに頼み込み、スーティ殿下づきにしていただきたいと思っております。あんなお子はまことにいるものではございません。もうあのお年から、王の器をあますところなく持たれております。その上に勇敢で、聡明で、情深くさえおありになる。――たぶん、イシュトヴァーン・ゴーラが誕生したのは、この英明なお子を王といただくためではないか、とさえ思うほど、私はスーティ殿下に惚れ込んでおります。――お別れするのはまことに辛うございますし、そのはてに、万一にもグィン陛下に剣をむけるような結果となるのではと、内心はらわたがよじれるような思いでございますが、いつの日か、ゴーラ王イシュトヴァーン二世陛下にお仕えする――というのをこれからの最大の夢にして、私はゴーラに戻ります。――スーティさまに、ブランのおじちゃんは、御用があって先に出発してしまうけれど、いつか必ずスー坊の大好きなおみやげを沢山持って帰ってくると、それだけお伝え下さいませ」

「ああ。云っておこう」

「いまごろは、あどけない寝顔でぐっすりと眠っておられるでしょうね！」

ブランは、男泣きに目を潤ませながら、そっと、宿屋の、スーティたちがいるはずの二階の窓を見上げた。

「いつまで、私などのことを覚えていて下さるだろう！——なんといってもまだ三歳にもなられぬお子です。再会するのが何年も、あるいは何十年ものちになったら、とうてい、スイランのおじちゃんのことなど覚えてはおいでになりますまい。——私ひとりが、ずっと、スー坊のぬくもりや、あの可愛いちゃんばらのことを思い出しているのでしょうね。……いや、めそめそしているわけにも参りませぬ。それでは、おさらばをつかまつります。豹頭王グイン陛下」

「ああ。もう行くのか」

「はい。——本当に、その……何と申し上げたらよいか……」

一瞬、万感が胸に迫って、ブランは、こみあげてくる嗚咽を必死にこらえた。

グインは、つと歩み寄って、右手をさしだした。ブランは、感極まってその手をおしいただき、その手を両手でいただいてその手に額をおしつけた。

「陛下！——お目にかかれて……御一緒に旅をさせていただいて、光栄にも……剣をまじえさせていただいて——ブランはなんという幸せ者でございましたでしょうか……あまりにも、幸せな——こんな光栄に浴するような、何も……持ち合わせてはございませんのに……」

「おぬしは、つねにかわらず誠実で、よくしてくれた」

グインは、深い友情をこめて云った。

「おぬしほどに、こんなさまざまな義理やしがらみのはざまで、おのれを見失うことなく勇敢に、誠実に、しかも率直におのれを持していられる魂を見たことがない。――俺はおぬしが好きだ。こよなく、みごとな漢《おとこ》だ、見上げたもののふだ、素晴しい剣士だと思っている。――おぬしを俺の部下に持ちたかった。カメロンどのに、カメロンどのは素晴しい漢《おとこ》を部下に持って世界一の幸せ者だとお伝えしてくれ。おぬしのことは、たとえ戦場で剣をまじえる運命になろうとも、つねにかわらず、俺は友だと思っている」

「陛下――――!」

とうとう、こらえきれなくなって、ブランは一瞬だけ、号泣した。

それから、懸命にそれをこらえ、涙を飲み下し、拳で荒々しくおのれの顔を拭った。

「そのような、身にあまる――あまりに身にあまるおことばを頂戴し……このブラン、とうてい、そのようなものではございませぬ。陛下のようなおかたに、こともあろうに……友、と呼んでいただけるとは……ああ、もう、カメロンおやじには、このくらいのことは大目に見てもらうほかはない」

ブランは云うなり、剣を抜きはなった。そして、素早くその剣の先を自分にむけ、てのひらの上に剣をのせて、柄をグインにむけて差し出した。

「一生、おそばにあって真実の陛下の剣となり、お身代わりに戦わせていただく光栄は不可能でも、わが心の剣のあるじと呼ばせていただくことをどうかお許し下さい。豹頭王グイン陛下」

つきあげてくる激情と涙にかすれがちな声で、ブランは云うと、そのまま膝まづいて剣をさしのべた。グインはそれを受取り、刃にくちづけして、くるりと戻して柄をブランにむけて差し出した。

「それでは、おぬしのその心の剣のみを受け取っておこう。——おぬしがそうしてくれたことも、決して忘れぬぞ。ブラン、わが友よ」

「勿体ない」

ブランはまたちょっと泣いた。それから、立ち上がって、丁寧に剣を腰の鞘におとしこんだ。

「私ごときの剣をお受けいただいたこと、そして勿体なくもわが友とお呼びいただいたことだけは、カメロンにさえ報告できぬ、私だけの秘密にいたします。——陛下、お名残はつきませぬが、それでは、これにて」

「ああ。気を付けてゆくがよい」

「陛下も、こののちはもう何の御心配もないかとは思いますが、道中、御無事で。——スーティさまにも、よしなに……」

「それでは……これにて」

言い捨てると、もうブランはあとをも振り返らなかった。

どこかで、馬でも手に入れるつもりか、それとも、その金もないままに徒歩ではるかなゴーラを目指すつもりか、何も知らせぬまま、さっさと大股に歩いて、きたばかりの街道を、ふたたび戻ってゆく。ここから、アルセイス、イシュタールまでは、ルーアン、タイスまでの倍もある。クム領内を抜けるつもりか、それともガヤにむかい、そこからずっと自由国境地帯を通ってマイラスあたりを目指してゴーラ領に入るつもりか、何も語らぬままに、そのたくましい後ろ姿が闇に消えてゆくまで、グインは見送り、そしてなにごともなかったかのように宿の室に戻ろうときびすをかえしかけた。

とたんに、かたわらに、黒いもやもやとしたかたまりが出現した。その黒いかたまりが、口をきいた。

「陛下」

「ヴァレリウスか」

グインは、一瞬、微妙にイヤそうな目つきをした。

「まだ、どうしても、そういう出現のしかたには、馴れることが出来んぞ、俺は。――べつだんこれまででも、魔道師とつきあいがなかったというわけでもないが、どうもあ

まり相性がいいほうだとも云えぬようだ」

「これはどうも失礼をいたしました」

ヴァレリウスは平気で云った。だが、その目は、黒い魔道師のフードの下で、じっと意味ありげに、ブランが去っていったほうを見送っていた。

「なかなかの勇者でございますね」

なにくわぬ顔で、ヴァレリウスは云った。

「最初から、かの新興でいたって歴史浅いゴーラにも——しかもその前は古すぎて覇気を失ってしまっていたユラニアでございますしね——意外な勇者がいるものだなと思って見ておりましたが、なるほど、カメロンどのが沿海州からはるばる連れてこられた、カメロンどのの腹心とうかがえば納得がゆきます。そうでなくてはなかなかに、豹頭王陛下をしてわが友よと呼ばせるところまでは参りますまいかと」

「全部、立ち聞いていたな。だから実際魔道師などというものは……」

グインはまたちょっと鼻白んだようすで云った。

「いや、いやいやいやいや。立ち聞きなどとは人聞きの悪いことを。ただ、通りすがりに聞こえてしまっただけのことでございまして。——それに、やはり何と申しましてもわたくしには、この一行を無事にクリスタルへお届けする責任者としての義務がございますからね……ふむ」

「今度は何だ」

「あの男、ブランでございましたね。私にはわかりませんが、カメロンどのの腹心で、カメロンどのがそれも、単身でそんな、イシュトヴァーン王の隠し子の王子を無事収容して連れ戻す、などという大変な役目を命じて出すような男なのですから、たいそう、腕もたつのでしょうね。いかがです」

「ブランは、確かに腕は立つさ」

　グインはいささか眉をしかめながら云った。

「俺とてもいまのいまなら、片腕がきかぬことだ。ブランと正面から戦ったら、けっこう苦戦するだろうさ。それでも、なんとかはするだろうがな、最終的には」

「いやいやいやそれはもう、陛下とどうこうなどという次元の問題ではございませんで。それはあまりにも、普通の、なみの人間には大変すぎる事態でございますからね、陛下と戦う、などというのは」

「ひとを、化け物のように……」

「いやいやいやいやいや、いいやとんでもない。しかし、そうですか、腕が立つんですね。陛下がそうおっしゃるくらいですから、ほんとに立つのでしょうね。——ということは、十人や二十人で取り囲んでもなんとか切り抜けるってことですかね。いっそ魔道師のほうがいいのかな」

「おい」

グインは、一瞬、目をぎらりと光らせて、ヴァレリウスをねめつけた。

「何を考えている。ヴァレリウス」

「いえ、べつだん、何も」

「つまらぬことを考えるな。もしも、おぬしが、ブランに何か危害を加えたり――万一にも、刺客をはなって、ブランの帰国を妨害することなどあれば、この俺が、ただではおかれぬぞ」

「おお、怖い怖い、とんでもない。どうしてこの平和主義者のわたくしが、そんなおそろしい、まるで陰謀みたようなことを」

「口の減らぬ奴だ」

グインは唸った。

「せっかく、ブランとの別れでしんみりとした気持になっていたのも、台無しだな。お前は何を考えているのだ。せっかく、面白い男だと思ってやっているのだ。それを裏切らぬよう、つまらぬことを考えぬほうがいいぞ」

「これはしたり」

ヴァレリウスは不服そうにうすい唇をとがらせた。

「何をおっしゃることやら。私はなにも、陛下にそんなことをおっしゃられるようなことを……私が何をいたしましたか。私はむしろ逆で、パロにとっては大恩人にほかならぬ陛下のおんためにと、そればかりを考えておるのでございますよ。そうですとも」

「ブランに刺客を放とうと考えてはいなかった、とでもいうのか?」

「いや、それはまあ、むにゃむにゃむにゃ……といったところでございますが……」

「何だ、それは」

グインは厳しい目つきでヴァレリウスを見据えた。

「いいか、もう一度いうが、ブランには手を出すな。出すようなら、俺がいますぐこれからブランを追っていって、ブランを守ってやることにするぞ」

「お小さい王子様とかよわいその母上と、すぐ逃げ出したがる義兄上を私に預けてですか。——私がそもそも、考えているのは、陛下がいまとても重大に思っておられる、お小さいゴーラの王子のお身の上の安全を考えればのことですよ」

「それもわかっている。だが、ブランには手を出すな」

「剣を捧げた者には、ってことですか。でも、あの男は国表に戻ったら、カメロン宰相にかくかくしかじかと報告し、そしてカメロン宰相はそれをきいたら、イシュトヴァーン王にかくかくしかじかと報告し——イシュトヴァーン王は、素晴しい器量をもった、早くも名君の資質も豪傑の資質もみせている長男が本当は自分にはいたことを知るわけですよ。しかも、自分を呪って自害してしまったような王妃ではなくて、純情可憐に自分を愛してくれている、ミロク教徒の清純な愛人が産み落とした。――イシュトヴァーン王にしてみれば、当然、それは、自分のむすこをどうあれ、取り戻そうと考えるのではありませんか？」

「……」

「いま、ブランどのも云っていたじゃあありませんか。パロにスーティ王子とフロリーどのをおいておけば、パロに迷惑がかかるかもしれない、って」

「……」

「ついきのうも申し上げましたが、いまのパロにとっちゃ、本当にそれは冗談ごとにもなんにもなりゃしませんしね。いまのパロを、豪勇のイシュトヴァーン王ひきいるゴーラ軍が蹂躙するのは、まるで、それこそその当のかよわいフロリーどのを、イシュトヴァーン王が蹂躙するよりもっと簡単でしょうよ。いまのパロには、何ひとつとして、自衛も防衛もするだけの国力も兵力も人材もいないんですから。なんたって、聖騎士侯筆頭がまだ二十歳なるならずの紅顔のアドリアンどののなくらいなんですから。しかも実戦に出た経験のほとんどないアドリアンどのですよ」

「それはパロの事情については詳しくはないが、パロに迷惑をかけるつもりはないさ」

グインは苦虫を嚙みつぶしたようなようすで云った。

「パロが、スーティとフロリーをかくまうことがパロにゴーラ軍を招き寄せる口実をつくることになる、と考えてためらうなら、即刻俺はかれらを連れて出てゆく」

「で、ケイロニアにお戻りになるので？　ブランどのが云っていたとおり、そうしたら、ゴーラ‐ケイロニア戦争の火ぶたがきっておとされちゃうかもしれませんよ。もっともなァ、いまのゴーラには、とうていそこまでの根性はないかな。弱り切っているまるはだかみたいなパロに襲いかかることはできても、天下の大ケイロニアあいてに喧嘩を売るだけの体力は、ゴーラにもないかな、さすがに。あーでも、最近はちょっとおとなしくしてますが、そのあいだにけっこう国力、兵力をたくわえてるかもしれませんね。むろんそうそう一朝一夕に国力なんかあがるものじゃないでしょうが、なんといっても、ゴーラは上り調子の国ですからね。それにカメロンという名宰相もついてますし——どこかの国の魔道師宰相だとかいう経験不足のボケナスの若僧と違って、こっちは正真正銘の名宰相ですからね。イシュトヴァーン王が荒れ狂って酒びたりになってるあいだにも、勝手にモンゴールに兵を率いて内乱をおさめるって口実のもとに人殺しにいっちまっても、カメロン宰相さえいればゴーラは繁栄して安泰で安全だ、ともっぱらのうわさですからね。——ま、私はそれでいささか考えてることもございますが」

「なんだか、今日はおぬしは、ずいぶんと毒を吹くな」

いくぶん閉口ぎみにグインは云った。

「それが本性だとも思えぬが、何か苛々してでもいるのか？」

「苛々してってことはありませんけどね、魔道師ですから。ただ、またしてもあのその某王太子候補様にごねられまして、いささか御機嫌は悪いかもしれませんが」

「………」

「どうしてもパロにはかえりたくない、王太子にはしないという約束をしてくれれば、とにかくリンダ陛下に会って自分が説得するけれども、その前に宰相が、立太子のくわだてを諦めるという約束をしてくれなければ、パロにはゆかない、力づくで連れてゆくというのなら、いっそ首をつって死んでやる——とまあ、そこまでおっしゃるんだから、いっそのこともうこのままそのお手伝いをしたっていいくらいなんですが、そういうわけにもゆかない。ああもう、ヒツジを水飲み場に連れてゆくことはできるが、水を飲みたがらないヒツジに水を飲ませることはできない、ってアレクサンドロスもいっているじゃあないですか。なんだって、私が——私はね、気の長いほうでもなけりゃ、駄々っ子をあやすのにむいた気質でもないんです。むしろ、駄々っ子は大嫌いです。ああ、勝手にしろ、って云いたくて云いたくてたまらなくなる。カメロン宰相だったら、いったいどうやってイシュトヴァーン王をあやしているんでしょうかねえ。あの王も相当な駄々っ子だろうと思うんだけれども。それともやっぱり、しもじもの下世話なうわさでささやかれるとおり、ベッドであやして……あ、いやいやいやいやいやいや」

「………」

「そんな、いかにもへきえきしたっていうようすをしないで下さいよ。あんまり表情が読めないわりに、その豹頭って、妙に雄弁ですよね、見た感じが。――ともかくね、まあそれはこっちの内輪の事情ですから、なんとかいたしますが、そこに、イシュトヴァーンの率いるゴーラ軍を招き寄せるようなことはやっぱり、私としては……禍根は早いうちに断っておいたほうがよろしいんじゃないかと思うんですけれどね。それは、確かに、陛下にしてみれば、情も移っておられましょうけれど。だからこそ、わたくしが。――大丈夫ですよ。もし陛下がどうしても、あの偉い騎士の血を流すのは許さぬとおっしゃるなら、いかがでしょうか、とらまえて、パロのたくさんある塔のどれかに監禁しておくっていうのは。それだったら、ほとぼりがさめて、スーティ王子親子の身のふりかたが、これだったら、絶対安全だ、っていうように決まったら、放してやってゴーラに返してやってもいいですよ。そうしていいですか」

「駄目だ」

「何でです」

ヴァレリウスは、灰色の目をぎらっと光らせながらグインをにらんだ。

「こんなお話し合いを陛下としたくはなかったんですよ。ですから、何も……陛下に申し上げないでいっそ、そうしてしまおうかと思ったんですが、もしあとでそれがなんらかのかたちで陛下に知られたら――陛下は、決して許してはくださるまいと思ったから、こうして、実際に行動をおこす前にご相談を申し上げているんです。こうなればずばりと云わせていただきますよ。あのヴァラキアのブランを、殺してもいいですか」

「駄目だ」

「苦しませやしませんよ。かなりの勇士で、使い手のようですから、魔道の霧で、自分に何がおこったかわからぬうちに」

「ブランに手出ししたら、俺はお前の敵になるぞ、ヴァレリウス」

「うわー」

ヴァレリウスは低く云った。だが、その灰色の目はなおもするどく光っていた。

「じゃあ、さっき申し上げたように、気絶させて、何もわからぬうちに、パロの塔に監禁させて、眠らせておくのはいかがですか。当人もそれなら、何も気づきやしませんよ。すべてが一段落したら、そっともとのところに戻しておきますから、ああ、よく寝たなあ、って思って目をさますくらいでしょう。前に、リンダ陛下御自身が、そうやって監禁されてたことがございましたけれどもね。それは、グイン陛下が助け出しておあげになりましたけど、なに、魔道で眠らせてあれば、食わなくても飢えることもありませんし、目がさめて、信じがたいような年月がたっていたことに仰天するくらいで、何の変化もありません。極力早く、スーティ王子親子の身柄については陛下とご相談して安全にして、それからすぐにブランどのを目をさまさせてしかるべきところへおっことしてやる、ってことでどうですか。手を打ちませんか」

「駄目だ」

「強情な。なんだか……」

ヴァレリウスは顔をゆがめた。

「なんだか、誰かを思い出してしまう。見かけはこれくらい似たところのない二人も少ないくらいなんだが。——じゃあ、どうなさろうというんです。パロを危険にさらさせるのは、いかに大恩あるグイン陛下といえど、私としてはそのままにはしておけませんよ」

「危険にさらさせはせぬ。リンダ女王にはお目にかかって俺の記憶が戻るかどうかを試す以外、御迷惑をかけるつもりはない。そのまま、ただちに、俺が二人を連れて出てゆけばよかろう」

「でも、そうしたら、ゴーラはケイロニアに対して宣戦布告するか、少なくとも王子をかえせと交渉してきますよ」

「それは、させぬ。ケイロニアに迷惑をかけるつもりもない」

「どうするおつもりです。豹頭王陛下が、本当に御自分のお子と奥方としてその二人をつれて、どこかの山中にでも入ってしまうおつもりですか」

「そんなつもりはないが……」

「陛下には、サイロンに奥方がおいでになりますよ。シルヴィア王妃陛下といぅれっきとした正妻が。あのミロク教徒の娘にお心を動かされ——冗談ですってば」

グインの目をみて、ヴァレリウスはあわてて撤回した。

「そうじゃなくて……でも、ケイロニアだって、困りますでしょう。自分の国のことならともかく、ひとの国の王子のことで……」

「俺にも、いまはまだ、どうするのがもっともよいことなのかよくはわからぬ。だが、よくよく考えてみて、あたう限り正しい答えを出したいとは思っている」

グインは、苦渋をはらんで答えた。

「だが、ともかく、ブランを殺すことも、監禁することもやめてくれ。それは、俺は見逃すわけにはゆかぬ。お前がそうするなら、俺は俺の友と呼んだ男を殺されぬように守り、監禁するなら救出するために戦うほかはなくなるのだぞ。それが俺の仁義というものだ。そのことがわからぬのか、ヴァレリウス」

3

「こりゃあ、参ったな」

低く、ヴァレリウスはつぶやいた。その目がするどく細められた。

が、それから、ちょっとたちまちのあいだにそのひいでたひたいの後ろで、ヴァレリウスの脳細胞がすばやく動くようすが想像できるような感じで、ヴァレリウスは、ちょっと肩をすくめて苦笑した。

「わかりました。——陛下がそこまでおっしゃられるからには、なかなか、私ごときが何か手出ししていいようなことではなさそうでございますね。もう、よけいなことはいたしませんよ。ブランどのには、何もちょっかいは出しません。べつだん、ご帰国の途上邪魔者があらわれぬよう、護衛をつけてあげるいわれもございませんが、しかし、それでは刺客をさしむけることも、監禁することもいたしますまい。——しかし」

ヴァレリウスの灰色の瞳が、けむるように、グインを見つめた。

「そうなりますと、陛下は、パロにおいでになることで——フロリーどのとスーティ王子をおともないになって、ということですが、それでパロに、どのようなゴーラの脅威を招き寄せられるかもしれぬ、ということは、ご承知おき下さっている、と思ってよろしいのでございますよね？」

「まわりくどい言い方をするな。それは俺にはすべてわかっている。もしもお前が、それがそんなに気になるのならば、もう、ここから、いったんたもとをわかって、フロリーとスーティを連れて俺はいったんパロから離れよう。お前は魔道師をさしむけてブランにそのことを告げるなりしたらいい。それは止めん。――俺がパロを目指したのは、リンダ女王に会えば、俺の記憶が戻るかもしれぬと期待しただけのことで、べつだん、それはいまでなくてもかまわぬわけだし、また、それは、結局のところ世界の大勢にとってそう重大なことでもなかろう」

「とんでもない」

ヴァレリウスはつぶやいた。グインは気にもとめずに先を続けた。

「ともかく、俺は、いまパロに入らずともべつだんかまわぬのだ。お前が気になるのなら、いますぐ、俺とフロリー親子をここで解放してくれるがよい。そうすれば、俺は、ケイロニアにも戻らず、パロにもゆかず、どこかフロリー親子を安心して託せる場所を考え出して、そこに親子を送り届けてのち、あらためてパロに戻ってきてもよいさ」

「いや、陛下。それは」

ヴァレリウスはちょっとおもてをあらためた。

「それは、このヴァレリウスが、リンダ女王陛下よりきついお叱りを受けます。もう、陛下がお戻りになられたことは、リンダ陛下にも、当然御報告してしまいました。それに……」

ヴァレリウスは、かすかに苦笑して、おのれに何かを言い聞かせるかのように、かるく何回もうなづいた。

「私としても、いささか心ないことを申し上げてしまいました。パロを愛するあまり、というよりも、パロの行方について心配するあまりであったことは、どうかお解りいただきたく存じますが、さようでございましたね。私どもは——パロは、グイン陛下に対して、そんなような忘恩なことを申し上げられる、そんな立場にはないのでした。——グイン陛下は、そのおからだを張って、おいのちをかけて、アモンの脅威から、パロをお救い下さったおかたです。——いまパロがまがりなりにもこうして存在していられるのはすべてグイン陛下のおかげ。それを思えば、たとえ、グイン陛下がお連れになったかたのためにパロにゴーラの脅威を招き寄せる、といったところで、それもまた、我々はお断りできるような立場ではございません」

「そのように云われればなおのこと、俺が気になる」

グインはむっつりと云った。

「俺は、とにかく記憶を失っている。かつてどのようなことがあったかもわからぬし、いま現在の世界の情勢についても、マリウスから教えてもらったことしか知らぬ。それゆえ、パロに俺が来ること、俺ひとりではなくフロリー親子を連れてきたことで、多大な迷惑をかけてしまうとあらば、それはまったく本意ではない。――ともかく、クムを脱出するに力を貸してくれただけで、おぬしは充分にその恩義とやらにはむくいてくれたということだろう。本当に、パロがゴーラの脅威をおそれるならば、俺は、いますぐ立ち去るにやぶさかではないぞ。ヴァレリウス」

「困ったな、もう、そのことはお忘れ下さい。といって私がうかつにも、申し上げてしまったことではございますが」

ヴァレリウスは困惑の表情になった。

「それは、本当は、決して申し上げてはならぬことでございました。私もまことに未熟と申しますか、考えなしで、お恥ずかしい限りです。――陛下、ともかく、パロに、クリスタルにお帰り下さい。陛下は、クリスタルとパロとを救うために、古代機械によってアモンもろとも転送され、そのために記憶を失われたのです。陛下が記憶を失われ、失踪され、そのためにケイロニア皇帝および全国民が悲嘆のどん底にたたき込まれた責任はひとえにパロをお助け下さったためということで、このパロにあります。そして私はパロのただいまのところの総責任者です。――でございますから、私の権限において、この場でお答え申し上げますが、どうか、フロリーどの親子もろとも、クリスタル・パレスにお入り下さい。そしてリンダ女王陛下を安心させてさしあげていただきたい。女王陛下も、グイン陛下が失踪されてからいっときとして、心のやすまるときもなく、ことあるごとに、グインはどうしているかしら、グインは無事だろうかと口に出されて、一日千秋の思いで、陛下のお帰りをお待ちになっておられるのです」

「………」

グインは、一瞬、どうしたものかと考えこむように、ヴァレリウスを見つめていた。

ヴァレリウスは、目をしばだたいて、グインを見返した。

「私が口にした数々の心ないことばはどうかお忘れ下さい。お許し下さい。——時として私は、パロのことを案じるあまりついつい暴走してしまいがちです。それも当然で、だからこそ私は、自分は政治家でもなく、宰相などになる器でもなんでもない、一介の魔道師にすぎないということをよく知っているのです。——さっきのは、私個人の気持でした。でも、パロの宰相としては、決してそのようなことを、陛下相手に云えた義理ではなかったのです。どうか、お許し下さい」

ヴァレリウスは、ひらりと、黒いマントをひるがえして床にひざまづき、頭をさげた。

「そのようなことは、してもらういわれはない。立ってくれ、ヴァレリウス」

グインは困惑したように云った。ヴァレリウスは、ゆっくりとマントをひきよせて身を起こした。

「お許し願えましょうか。私の口にした、いささかけしからぬ逸脱については、お忘れいただくことが出来るのならば、立ちますが。もっとも、ブランどのについては――陛下が友情を感じておられるからこそ、あえて手出しはあきらめましたが、ブランどの御本人ではなく、その当人が国表に戻って、カメロン宰相に報告したときにどのような脅威がまきおこるか、ということについては、とうてい、楽観する気持にはなれませんけれどもね。しかし、それもまた、パロが――そのパロをあずかる私が引き受けなくてはならぬ試練の続きなのかな、と覚悟は出来ました。なんとか、切り抜けることだって出来ないわけではないでしょう。まだ、あの騎士どのがゴーラにつき、報告し、さらにその報告によってゴーラが動くまでにはかなりかかるでしょうし」

「場合によっては――俺がちゃんと記憶を取り戻し、おのれの判断をあてに出来るようになれば、ということだが、そうなれば、俺とても多少の力になってやることは出来るだろう」

グインは考えこみながら云った。

「世界情勢については、記憶を失ったままではおそろしくて何も口を出せたものではないが、ただひとつ確実なのは、この身を通して知った、ゴーラ王イシュトヴァーンの脅威、ということについてだ。これだけは、俺は、われと我が目で見た。イシュトヴァーンに率いられたゴーラ軍が、罪もない女子供までも殺戮した現場をこの目で見たのだ。確かに、少しでも恩義やかかわりのある相手を、ゴーラ軍のそのような恐しい脅威にさらさせるような危険はおかすわけにはゆかぬ」

「それについても、しかし、もし陛下がご記憶を取り戻されれば、もっといろいろな可能性が開けてまいりますよ」

いくぶん、なだめるように、ヴァレリウスは云った。

「なんといいましても、陛下は世界最強の大国の王でいられるのです。——いかな横車のゴーラといえども、いえ、強引であればあるほど、弱いとみた相手には無法な攻撃をしかけ、かなわぬとみた相手には手出しせぬのが無法者のやり口と申すもので、もしも、ケイロニアがパロのうしろだてに立っている、ということが世界に対して表明されれば、ゴーラとても、いま現在ただちにケイロニアを敵にまわすつもりはとてものことにありますまいから、まあ、パロも安全になるかもしれません。——そう考えると、本当は、一番いいのは、一刻も早くパロに戻り、陛下のご記憶が戻られるよう、パロでのお手当を受けていただくことではないかと思いますね」

「パロに戻っても、記憶が戻らなかった場合は……」

グインは言いかけた。だが、それから、云っても仕方のないことだ、とおのれに言い聞かせたように、口をつぐんでしまった。

ヴァレリウスもう、それについては何も言及しようとしなかったので、かれらはそのまま宿屋の建物のなかに戻っていった。ブランが姿を消したことは、マリウスも、リギアも、そしてむろんフロリーとスーティも気が付かずにはいられなかったが、誰も何も云わぬだけに、あえてそれについて触れてはまずいのではないか、と考えたのだろう、リギアやフロリーは何も云わなかったし、スーティも、たぶん母がそれについて何も云わぬからだろう、あえて「ブランのおいちゃん」はどこか、と聞こうとしなかった。その意味ではこの幼児はなかなかに、周囲の状況にさといものがあった。

マリウスのほうはだが、黙っていられる性分ではなかったので、一応みなの前でこそなかったが、グインと同室であったので、翌朝食堂での朝食をおえて室に戻るなり、それについて、口に出さずにはいられなかった。すっかり沈んでいたマリウスも、グインに心の奥底をぶちまけてからは、いささか鬱憤が晴れたように、ほんの少し、元気を取り戻していたのだ——といって、本当は、問題は何ひとつとして、解決したわけではなかったのだが。

「ブランのやつ、いなくなっちゃったじゃないの」

マリウスは、室に戻って、もうあとちょっとでまた出発、というあわただしい時間のなかで、そっとグインにささやいた。

「出てっちゃったのかな?」

「ああ。ブランは、ゴーラに戻った。やはり、タイスを出てからずっとおのれのなすべきことについて考えていたが、結局はゴーラの騎士だ。スーティを連れて戻るという任務が完了出来ぬ以上、次におのれのもっともなすべきことは、ゴーラに戻り、カメロン宰相にすべてを報告することだ、と考えたのだ」

「でも、ブランが、ゴーラに戻って、スーティとフロリーがここにいる、っていうことを云ってしまったら、イシュトヴァーンのことだもの、フロリー親子を取り戻しに軍勢をさしむけてきたり、するんじゃないの？」

マリウスも、さすがに心配そうだった。

「そうしたら、いまのパロじゃあとうてい防げないんじゃないのかな。グインは、リンダに会ったら、ケイロニアに戻ってしまうんでしょう」

「俺がどうするかはまだわからぬ。だが、俺としては、もう、記憶がどのていど戻るかはわからぬにせよ、あまり長いこと、ケイロニアをあけていることが、今度は逆にケイロニアに対してのなんらかの意思表示になってしまわぬかとそれが心配だ」

「そうだね。――でも、グインがいなくなったらそれこそパロなんて、まるはだかの幼児みたいなもので……ゴーラの武力の前には手も足も出ないんじゃないのかな」

「それについても、おいおい考える。そうした脅威を残したまま、パロにフロリーとスーティを残して去っていってしまうほどには、俺とても無責任ではないつもりだ」

「そりゃそうだ――でもなあ」

マリウスは溜息をもらした。

「うらやましいなあ、ブランのやつ。――ああして身軽にとっとと出ていってしまえるなんて。ああ、ぼくも、ブランみたいに身ひとつで、キタラひとつ背中に背負ってどこかに旅に出たい。もう、しがらみも義理も義務も、それをヴァレリウスあたりにさんざん説教されることもたくさんだよ。なんだってぼくはパロの王家の血なんかひいて生まれてきてしまったんだろう。しかも、まったくの傍流だっていうのに。運命のいたずらで、とうとうぼくしか、いなくなってしまうなんて、何ていうことだろう。イヤだよ。ぼくは、パロ王なんてものになるのだけは、ほんとに死んでもいやだ。そのくらいだったら、いっそほんとにヤヌスの塔のてっぺんから飛び降りてしまいたいくらいだ」

「なぜまた、それほどに宮廷暮らしを嫌うものかな」

さすがに感心したようにグインはつぶやいた。

「これがもともと、市井に生まれたというのなら、それもしかたないことかもしれんが、多少なりとも、いや、おおいに王家の血筋をひきながら、そこまでその血に反抗する、というのはなかなかめったにあるものではないと思えるぞ。――俺にはわからぬが、お前はいったい、何がそれほどいやなのだ。――儀礼づくめのことか。堅苦しいことか。それとも、自由に行動出来ぬことか。王ともなれば、それなりの権限は与えられよう。

少しは、おのれのしたいように行動できるよう、王室典範を少しはゆるめたり、かえたり、もしもおのれを王にしたいのなら、ちょっとはそのために協力してくれ、と頼んでものごとを、少しはおのれ向きになるよう変えてゆく、というようなことも出来るのではないのか？」

「無理、無理、絶対無理だ、そんなの。ほかの国ならまだしも、パロだよ！　どんなに、パロが格式ばっていて面倒くさい国だか、グインはとても想像がつかないと思うよ。記憶はないかもしれないけど、ぼくでさえ、ケイロニアの宮廷にいったときに、ここはさすがにパロに比べたらずいぶんと自由ではあるんだな、と思ったくらいだったもの。そもそも、家族三人で、ひっそりと暮らす別宮をあてがってくれる、というような決断だって、面倒な会議になんかかけないで、皇帝陛下がその場で『そうしろ』っていいさえすれば、ただちに家臣たちがそのとおりにしたものね。でもパロじゃあとんでもないよ。ちゃんとものごとがひとつ決まるまでにたぶん、百回くらいの会議が必要になってくるよ。——まして、ぼくが自分にあわせて王室典範をかえるなんて言い出したら、じいさんたちが泡をふいて卒倒してしまうんじゃないかな」

「だが、それもずいぶんと、内乱以後では変わったはずだと云っていたこともあったように思うぞ。まあ、ともかく、この目で見てから決めてみてはどうだ。それにどちらにせよ、お前はいまとなっては、パロに戻るほかの道はないのだろう」

「一応、もうどうあっても逃がしてはくれないつもりらしいから、腹はくくったけれどもね」

不服そうに、マリウスは認めた。

「だからって、ぼくがそれを喜んで受け入れたとか、脱走して自由に生きることをすっかり諦めたんだ、などと思われたら困るから、今後とも、ぼくは『イヤだ。絶対イヤだ』とは言い続けるつもりだけれども。第一、ぼくのこのキタラの技だって、歌だって、あえていうなら床技だって、宮廷のなかじゃあ、何ひとつ効力を発揮しないじゃないか。街道や旅さきの町々でなら、ぼくは素晴しい注目を集め、それこそマイヨーナの冠の優勝者にだってなれるというのに、そういうぼくの持ってる力は何ひとつこの宮廷のなかじゃあ必要はなく、ただ、ぼくのからだに流れているというだけで何ひとつぼくの手柄でもなんでもない、《青い血》とやらだけが大切なんだ!」

「まあ、ともかく、もうまもなくパロに入るのだ」

グインはなだめた。

「そうなってから、理解してもらうすべを探しても罰はあたるまい。お互い、ずいぶんと皆に心配をかけてきたようだからな」

「……………」

マリウスは、もうちょっと何か言い返したくてたまらぬようだったが、もう、出発の時間が迫っていたので、珍しく、それ以上何も云わなかった。それに、やはり、マリウスにとっては、いよいよ目の前に迫ってきた《帰郷》が、ひどく重たくのしかかってはいたのだ。マリウスは深い溜息をもらすと、のろのろと、きのうの宿泊のためにほどいた荷物をまたまとめはじめたが、マリウスの心底をあらわすように、なかなかその作業ははかどらなかった。

だが、ヴァレリウスのほうは一刻も早くこの重大な客たちを国境をこえて、とりあえずは安全なパロ領内に入れたかったので、ヴァレリウスにせきたてられ、食事がすみ、用意がおわると、かれらは早速にまた馬車にのせられ、今日の旅程にかかることになった。ブランは律儀に、きのうまでヴァレリウスが貸してくれていた馬を宿に残して、おのれの足を頼りに立ち去ったのだった。たとえ旅慣れた男の身軽な一人旅だといっても、ここから歩いてゴーラの都イシュタールまでは、ずいぶんと長旅になることを覚悟せねばならぬだろう。だが、ブランは、あえてその馬を《借りる》こともせず、身ひとつで出ていったのだ。それはまたおそらく、グインやヴァレリウスたちに、ブランがゴーラで報告するまで、多少の時間の猶予をつけてやりたい、という思いもあったのかもしれなかった。

そうであってみればいよいよ、ヴァレリウスは急がなくてはならなかった。国境のこちら側にひろがる小さな町をぬけ、ものの半ザンとはゆかぬうちに、この小さな一行は、目の前にひろがるランズベール川と、それにかかる、さほど大きくもない橋、ダリド橋につきあたった。

（この川の向こうが、パロなのか……）

その思いは、ひとりグインのみならず、マリウスにも、リギアにも、またフロリーにも、ことのほか大きかったに違いなかった。みな、それぞれに異なる物思いをかかえたまま、眼下にひろがる青く美しい、かなり幅の広いランズベール川の流れと、その周辺の光景に目を遊ばせていた。

クリスタル・パレスの真後ろを流れるランズベール川もこのあたりまでくると、かなり幅の広い川となり、そして最終的には自由国境地帯の山中の湖に流れ込んでいる、ということだった。このあたりは、国境周辺といっても、ほとんど、パロの田舎の都市サラエムの郊外そのもので、国境を守備しているのも、サラエム市の警備隊だ、というのが、ヴァレリウスの説明だった。

「まあ、皆様にはあまり関係のないことなのですがね……私は、ここで生まれたらしいんですよ」

ヴァレリウスは、さほど懐かしそうでもなく、馬車の窓から手続きを待って外を眺めている一行に説明した。

「私は、サラエムのヴァレリウスと通称されまして、ここの出身ではあるんです。でも当人にはここの記憶はほとんどありません。確かにサラエムの生まれらしくはあるんですけれどもね。この町並みについても、幼時の記憶なんかはほとんどないんです。――ものごころついたときにはもう、私はアムブラで物乞いをしたり、もしかしたらもっと小さいときにはサラエムで育っていたのかもしれませんが、とにかく、気がついたときにはあちこちをさまよってなんとか生き延びようとみじめな暮らしをしておりました。――綺麗な町ですよね。でも、私にとっては、ふるさとだ、という思いはありません。むしろ私にとってのふるさとというと、やっぱりアムブラですね」

「アムブラ」

瞑想的な声でリギアがつぶやいた。

そのことばと、その声とに、何かを思い出させられたように、ヴァレリウスとリギアの目が、ふとあったが、ヴァレリウスのほうから、無表情に急いで目をそらしてしまった。リギアはちょっと肩をすくめた。

「アムブラね、懐かしいわ」

リギアは静かに云った。

「いまはどんなふうになっているのかしら。リンダさまに御挨拶をしたら、出発する前に、いっぺん、アムブラの様子も見に行ってみたいものだわ」

「………」

ヴァレリウスは、よけいなことを口にして、いらざる追憶を呼び覚ましてしまった、と後悔するかのように、そっと目を伏せた。

眼下にひろがるランズベール川の向こうには、その、ヴァレリウスが故郷としての記憶はまったくないという、サラエムの町並みが拡がっていた。サラエムは、パロ東部ではマドラにつぐ大きな町で、かつてはクムとの交流の拠点のひとつにもなっていたのだ。だが、その後、ガヤからユノにゆき、ユノ、ケーミ、クリスタル、とたどってゆくユノ街道が、クムとの交易の主流として発展したために、かなり、繁栄から取り残されて、ただ、古い由緒ある町としてそれなりの静かなたたずまいを見せていた。このあたりはまだ肥沃な南パロス平野には遠い。といって山岳地帯、というほどに起伏が激しくもない。いうなれば、岩の多い丘陵地帯、といったひろがりをもつ地形で、そしてランズベール川とかなりはなれたイラス川の二つの大きな川にゆるやかにはさまれて、水には恵まれたところだ。

それで、サラエムの町そのものもゆたかな森林におおわれ、そのなかに、瀟洒な石の屋根がかなりとがった、ちょっと童話の国めいた尖塔をそなえた家々が建てられていた。すでにこのあたりはもう完全にクリスタル文化圏であるから、建物もクリスタルの様式を連想させるものが多い。あまり多くはないが、それでもかなりの数の、クムとパロとを往復する商人たちが、川にかかる橋の両端にもうけられている検査所で、手形の検査を受けるために並んでいる。橋は、二本並べてかけられ、一方がクムにむかうもの専用、かたほうはパロに入るほう専用となって、決してその両者が簡単にはまじわれぬように厳重にわけられていた。

なにせ現職のパロ宰相であるヴァレリウスがついているのであるから、かれらの通関は簡単であった。ヴァレリウスが発行した手形をみせ、また、馬車のなかを簡単に調べさせただけで、すぐに一行は、ほかのものたちをさしとめたまま、優先的に左側の入国の橋をわたり、国境をこえた。いよいよ、かれらは、パロ国内に入ったのである。

おのれが、パロに戻ってきたのだ、と知った瞬間に、馬車のなかで、マリウスは、ほんのちょっと身をふるわせた。だが、もう、また黙り込んだまま、何も云おうとはしなくなっていた。フロリーは妙にこのところおとなしいスーティをしっかりと膝に抱きしめたまま、この子さえいれば自分は何があっても、どこへいっても怖くはないのだ、と考えているかのようであった。

「通ってよろしい」

重々しい宣言が税関の役人の口から発せられ、ヴァレリウスとリギアの乗る馬に先導されて、四頭立ての大きな馬車は、なにものだろうという、列に並んでいるものたちの注目をあびながら、頑丈に作られたダリド橋をわたった。

かれらは、パロ国内に入ったのだ。

4

ヴァレリウスは、国境をこえても、そこでまったく馬車を休ませようとはしなかった。そのまま、ひそひそと囁きあっている通関の順番待ちの商人たちや旅人たちの目を逃れるかのように、かえって速度をあげさせて、馬車を急がせ、そのまま赤い街道をかつかつとわだちとひづめの音をたてながらかりたててゆく。そのまま、どのくらい馬車にゆられたのか、乗っているものたちにはわからなかった。

その、馬車が、ヴァレリウスの鋭く命じる声にあわただしく停められた。と思ったとき、ヴァレリウスが、そっとドアを叩き、馬車の戸を開いた。

「グイン陛下」

ヴァレリウスが顔をのぞかせて告げた。

「お迎えのかたがたが、お揃いになっておられます。――まだ、クリスタルまではだいぶんございますが、ひとまず、皆様に、お声を」

「……」

それは、グインは予想していなかったし、ヴァレリウスもまた、何もそれについては云っていなかった。一瞬とまどうようにヴァレリウスを見たグインに、ヴァレリウスはつと声をひそめた。

「陛下が、パロから失踪される直前に、『ずっとここで待っていよ』と命じられた、陛下の直属部隊、《竜の歯部隊》の騎士たちであられます。部隊長のガウスどの以下およそ一千名、このあいだ、ずっとひたすら陛下のお身を案じつつ、クリスタルで御命令どおり待っておられました。——いずれ、また詳しく御説明は申し上げましょうが、まずは、お元気なお顔だけでも、かれらに見せてさしあげて下さい。どんなにか、喜ばれましょうかと」

「…………」

グインは、一瞬、きわめて複雑な目でヴァレリウスを見た。

それから、うなづいて、黙ったまま、ゆっくりと、フロリーたちのあいだをぬけ、身をかがめて、馬車から降りた。

とたんに、わきおこった、声にならぬ歓声に、一瞬、グインはひるんだ。

「マルーク・グイン！」

「グイン陛下！」

本来ならば、爆発的にあがるはずの声であったが、それはおそらく、そのものたちが涙にむせんでいたために、まともな歓声にならなかったのだ。その叫びは、かすれて、のどにつかえたようだった。

「陛下!」

グインは、思わずあたりを見回した。ヴァレリウスは、気を遣って、町なかではなく、グインが姿をあらわしても騒ぎになったり、物見高い町びとたちの話題になったりするおそれのない、町はずれの森を、その再会の場に選んでくれてあったのだ。馬車をおりてみると、その外は、ひろがるひっそりとした森かげであった。

その森かげに、ささやかな広場があった。そこに、ずらりと馬をつなぎ、その前に、きちんと隊列を組んできっちりと整列している、おびただしい数の騎士たちのすがたがあった。かれらはみな、同じ色のよろいかぶとを身につけ、おそらく百騎づつでひとつの分団になっているのだろう。その先頭にそれぞれ隊旗をしっかりとささげもつ旗持ちがいる。その前に、大きな房のついたかぶとをつけ、ひときわ長いマントをつけて立っているのがそれぞれの分団長であるとみえた。さらに、それらの先頭に、ひとりの大柄な騎士と、そして、それに続いて二人の副長らしき騎士が、かぶとを脱いで左胸にかかえ、その場に片膝をつき、右手を地面につかえて頭をたれていた。

「……………」

かなり、とまどいながら、グインはそれを見回した。先頭でひざまづいていた騎士が立ち上がり、感極まったように、グインの面前に進み出た。

「陛下……」

彼の声は、感激と激情にかすれていた。

「ガウスでございます。——《竜の歯部隊》部隊長ガウス准将、陛下の御命令どおり、パロ、クリスタルにてお帰りをお待ちいたしておりました。——陛下、お帰りなさいませ」

「……」

グインは、一瞬、なんと答えたものか、迷った。

それから、肚を決めた。ゆっくりと、彼はおもてをあげた。

「ガウスか」

グインはゆっくりとかみしめるようにその名を繰り返した。

「《竜の歯部隊》部隊長ガウス准将」

「はい。ガウス准将、陛下のお帰りを……このごとく、お待ちいたしておりました。《竜の歯部隊》のうち陛下がパロ遠征におともないになられました半数の千名、一名としてかけることなく、ずっと《ルアーの忍耐》の御命令を遵守し続けましてございます。こんにち、陛下の……御無事なお帰りを得まして……陛下のおすがたを拝したてまつり——このように——このように嬉しいことは……このガウス以下一同……」

ガウスは、言葉を切った。

やや、不安そうに、グインを見上げながらいう。

「御無事……と存じましたが……陛下、その……左のお手は、お怪我を……」

「ああ」

グインはまたまどいながら云った。

「いささか、負傷しただけだ。いまは左腕が思うように動かぬが、まもなく、パロで手当をうけ、元通りになるよう、訓練をはじめたらよいとヴァレリウスどのが云って下さっている。心配はいらぬ。命に別状はない」

「陛下が……あの、グイン陛下が、そのように重いお怪我を……」

いったい、この世の最高の英雄をそのように傷つけることの出来たものは、誰だったのかと、ガウスはいぶかしむようにグインの白い包帯に包まれた左肩と、三角巾に釣られた左手をマントの下にさぐるように見つめた。

「あの、お痛みにはなられませぬか――そのように、立ってお話になっておられまして、ご負担では……」

「もう、手当もすんでいるし、もっとも辛かった段階は終わった。このあとはただ、時が癒していってくれるのを待つだけの話だ」

グインは答えた。ガウスは少し愁眉を開いたようにうなづいた。

「それをうかがいまして、とりあえず安堵いたしました。——それでは、あらためまして、ケイロニア王グイン陛下直属親衛隊、《竜の歯部隊》全員の者共より、お帰りの御挨拶を申し上げさせていただきます。陛下、お帰りなさいませ！」

「陛下——お帰りなさいませ」

《竜の歯部隊》全員千名がいっせいにあげた声が、静かな森かげをどよもした。今度は、感泣しながらも、みな、ありったけの声をはりあげたので、おそらく近在の村にまでとどろいただろうと思われるほどの大声が、あたりの空気をゆるがしたのだった。

「ガウス准将」

ヴァレリウスが、グインのとまどいをおそれるかのように、つと進み出てことばをかけた。

「陛下は、ごらんのとおりお元気であられますが、また、ごらんのとおり負傷されておりますので、長旅の道中でいささか疲れておいでになります。親衛隊の皆様のお喜びいかばかりかとは存じますが、まずは、陛下を、今夜の宿にとりました、サラエム市の市庁舎まで、お送り申し上げ、ひとまず落ち着いていただかぬことには」

「ああ、これは……心づかぬこととて」

ガウスは心配そうに云った。

「陛下。お痛みにはなりませぬか。——見れば剣をつっておいでになりますが、その重みがお傷に響きはいたしませんか」

「そのようなもの……」

グインは苦笑した。が、そのときまた、ガウスたちがさっと平伏したので肩ごしにふりむいた。馬車から、マリウスが、そっと降りてきたのだった。

「ササイドン伯爵、マリウス殿下」

ガウスが先導すると、《竜の歯部隊》の騎士たちはいっせいに唱和した。

「マリウス殿下、御無事のお戻りお祝い申し上げます」

「……」

マリウスは、これまた、一瞬どう答えたものか、とためらうようにグインを見た。それから、肩をすくめて、かれらに答えた。

「有難う。しかし僕はもうササイドン伯爵マリウスではありません。僕は……」

「吟遊詩人のマリウス、そうだな」

グインがすばやく割って入った。ヴァレリウスは横目でグインとマリウスを見比べた。マリウスはちょっとまた肩をすくめてもう何も云わなかった。

そのおかげで、《竜の歯部隊》の、あるじと再会した感激はいささか気の抜けたものになったが、ヴァレリウスは一刻も早くグインを休ませたい、と考えていたので、そのまま、またグインを馬車に戻らせ、むろんマリウスも戻らせた。ガウスの命令一下、

《竜の歯部隊》は鍛えぬかれた統制ぶりをみせていっせいに騎乗に戻り、今度はグインの一行は、《竜の歯部隊》の精鋭たちに前後左右を手あつく守られながら、粛々と進んでゆくことになった。

ほどもなく、その一行はサラエムの市中に入っていったが、今度はもう、まったく素性を隠すことは出来なくなったし、隠すいわれもなかったので、ヴァレリウスは、ガウスたちが、ケイロニアの豹頭王の旗を誇らしげに先頭におしたてることをとめようとはしなかった。それで、ガウスは先頭に立って豹頭王グインの旗をしっかりと握り締めて自ら旗持ちをつとめ、そのうしろに十名の中隊長たちがそれぞれの旗を旗持ちに持たせてあとに続いたので、まんなかに巨大な四頭立ての馬車を守るこの隊列はおそろしくサラエムの衆目をひきつけ、また、あちこちで「グイン陛下だ」「ケイロニアの豹頭王グイン陛下がお帰りになったのだ」というささやきが聞こえてきた。

ガウスは、こみあげる感動と嬉しさを隠すすべも知らぬようであった。とかく、顔がほころびてくるのを懸命にこらえるようにしながら、旗持ちにまかせず自らの手にした旗をときたまそっと見上げる。そのようすは、長年信じて待ち、そしてついに王の帰還を得たかれらの誇りと歓喜とをあますところなく物語っているように、見るものをも少し涙ぐませた。

もう、たとえどのような敵が万一あらわれようと、勇士の中の勇士である《竜の歯部隊》の精鋭がこうして周囲をかためている以上は、何ひとつ心配があるわけもなかった。あらかじめ、ヴァレリウスが手配してあったので、サラエムの市庁舎の、日頃あまり使われていない講堂を騎士たちの臨時の宿泊にあて、そして、市庁舎のうしろにある、市長の公邸の、最上の客間が時ならぬ賓客のために用意されていた。

「まだ、日は高い。それにまだ、橋をわたり、国境をこえてサラエムに入っただけだ」

グインはヴァレリウスに少々苦情をいった。

「もうここまでもずいぶんゆったりと道中させてもらった。それにもう、パロに入れば、これまでの自由国境地帯と異なり、充分に赤い街道も舗装されているし、整備されてもいる。このさきの旅程は楽だろう。——こうして、あまりにゆったりと休ませてもらいつつでは、クリスタルに入るまでにあまりに時間がかかりすぎよう。もっと、進んでもよいのではないのか？」

「とも、存じますが、しかしサラエムにとりましては、グイン陛下ご一行を一夜、お泊めしておもてなしできる、というのは非常に光栄な機会でございまして」

ヴァレリウスはにがわらいしてなだめた。

「それにこう申しては何でございますが、わたくし自身も、サラエムのヴァレリウス、と名乗りながら、めったなことでは一応郷里とされているこのサラエムまで来る機会もございませぬ。サラエム市長以下のサラエムの施政部にしてみれば、この機会に、なんとかグイン陛下に御意得たい、また、こう申してははばかりながら、サラエム出身となっているこの宰相ヴァレリウスにもいろいろと陳情や、事情説明などもいたしたいという、そういうこともあるようでございまして。――それに、陛下がとても頑健で、なみはずれた体力を持っておいでのことはこのヴァレリウスが一番よく存じ上げてはおりますが、やはりいまはふつうのおからだではございませんよ。明日サラエムを出発しますと、そのままロードランドまで一気に少し強行軍をいたしまして一泊し、そして明後日にはクリスタルに入ります。明日はいささかの強行軍となりましょうから、陛下は、今日、ここサラエムでたっぷりと体力をたくわえていただきたいと思いましたので」

「そのようなことならやむを得ぬが――しかし、ゴーラに対して、一刻も早く対策をたてねばならぬ、といったのはおぬしだぞ。ヴァレリウス」

「それはもう、立てつつありますとも。こうしておりましても、せっせと実はいろいろ、クリスタルに連絡もとっておりますし――今日、これからちと、クリスタルに戻ってこようと思っておりますし」

「これから、だと？」

「はい、まあ、私は魔道師でございますのでね。《閉じた空間》などという便利なものがございますので、むろん明日の朝までには、わけもなくここに戻り、ロードランドまでの旅には当然お供いたします」

「あの、《竜の歯部隊》の皆様は、このわたくしのようなすれっからしが見ても涙がでるほどに、誠実で、忠誠で、そしていちずな騎士たちでございますよ」

「ふむ……」

ヴァレリウスは云った。

「はたから見ておりましても、本当に、なんという忠誠振り、こんな赤誠がこの世にまだあったのかと泣きたくなるくらい、かたときも、こゆるぎもすることなく、その信頼を失うことなく陛下のお帰りをひたすら待っておられました。――どんなにか、お喜びでございましょうね。今日は、一応サラエム市長のほうが、ご歓迎の宴をもたせていただきたいと申しております。むろんそんな公式の御幸ではございませんし、お怪我もなさっているという事情があるのだから、あまりけばけばしいことにはせぬよう、かたく申しつけておきましたが、少しだけご臨席をたまわりまして、市長たちの顔もたててやっていただけますと、わたくしまことに助かります」

「これは、これは」

グインはつぶやいた。

「マリウスの気持が、少しわかったような気がするな。――あの歓迎の宴というやつには、タイスでさんざん悩まされたものだが」

「いやいやいや」

ヴァレリウスは困ったように、

「とんでもない。それはあのタイスの民あたりと一緒にされては、いくら田舎のサラエムとはいえ、パロが気の毒というもので。そんな、仰々しい儀礼的なものはいたしませんよ。どちらにせよ、陛下とても夕食は召し上がらぬわけには参りますまい。それをただ、ちょっと大勢のものたちにお相伴させてやっていただければ、それでよろしいので。くれぐれもお疲れさせぬようと、私からもよく申しておきますゆえ」

グインは苦笑して、それ以上何も云わなかった。

だが、パロ国境をこえたとたんにこれまでとはまったく異なった何かがはじまってしまったのだ、ということは、グインにも、つくづくと感じられてきたようであった。もはや、豹頭を隠したり、またそれがケイロニアの豹頭王をまねて魔道をかけたものだ、などと言い抜ける必要は微塵もなかったかわり、当人が本物のケイロニア王グインである、ということを疑うものは誰ひとりいなかった。人目をはばかる必要はなかったが、そのかわりに今度はひっきりなしに注目をあびるのが当然だと思っていなくてはならなかった。

以前のグインであったならば、何ひとつ気にしなかったかもしれないが、記憶を失ったまま、一介の豹頭の戦士として辺境をかけめぐり、それから大道芸の一座としてタイスをめざしてきただけのいまのグインにとっては、いきなりおのれを巻き込んでいった宮廷儀礼、というものは、かなりめんくらわせられるものでもあれば、また、不安をそそるものでもあった。宮廷儀礼だけではなかった。突然出現した豹頭王の親衛隊、《竜の歯部隊》もまた、内心ひそかにグインをまどわせるには充分であった。おのれがどのようにふるまえばよいのか、どこまで、おのれが記憶を喪失していることを知らせたらよいのか、相手が手放しで再会に感激していることがあまりにも明白であるだけに、グインはひそかに困惑していた。

もっとも、その心配は、《竜の歯部隊》の面々みずからがすぐに取り除いた。

「陛下……」

そっと、市長公邸の客室に落ち着いたグインに面会をこうた、《竜の歯部隊》部隊長のガウスと、二人の副長、インスとアルガスとは、負傷の身を養うグインを邪魔してしまうことをおそれつつも、あらたな心痛をこらえてはおられぬようすだった。

「ヴァレリウス宰相どのより、うかがわせていただきました。――陛下は、かの古代機械をめぐるさいごの攻防にて、古代機械によって転送されたおり、ご記憶をそこなわれたとか……」

「ああ」

どのように説明したものか、と案じていたので、グインは、いくぶんほっとしながらうなづいた。

「残念ながらそのとおりだ。だが、その後、まあいろいろと教えてもらい、おのれがなにものであるかも、またどのようないきさつでこうしていたのかもおおむね理解出来るようになった。あまり、心配することはない」

「しかし……」

ガウスは涙ぐみさえしそうであった。

「こうして拝見しておりますと、失踪なさったときのままの陛下で、何ひとつおかわりは——むろん、そのお怪我をなさっておられますのは別としまして——おかわりはないようにしか思えませぬが……ご記憶をそこなわれたとは……」

ガウスは思いきったように云った。

「それでは、あのう——わたくしどものことは……覚えてはおいでになりませぬか……私どもをごらんになって、その——お心覚えは……」

「すまぬ」

グインはもう、隠すつもりもなかったので、率直に言った。

「俺には、おぬしらの顔をみても、名前をきいても、思い出すことが出来ぬのだ。だが、不思議なことに、マリウスについては覚えていた。マリウス、という名前もなんとなく心当たりがあったし、何よりも、顔をみたとたんに、この者は自分にはかなりゆかりのあったものだ、ということを感じることが出来た。——その後マリウスと旅を続ける最中に、マリウスには実にいろいろなことを教えてもらったが、教えてもらったゆえ、パロだの、ケイロニアだの、といったことが頭に入っているだけで、なんといったらいいか、すべてが、あとから机上で教えられた知識にしかすぎぬ。……それに、マリウスに教えてもらわなかったことは、何も覚えておらぬ。だが、さらに不思議なことにその頭のなかに、パロ、リンダ、というふたつの名がとても強く往来してならなかった。それゆえ、マリウスからそれがパロという国の、リンダ女王のことだ、と教えられ、その両者に俺はそれなりかなりのえにしがあったのだ、また俺が最後に失踪したのはそのパロを守るためだったのだ、ときかされて、それではパロにおもむき、リンダ女王と会えばもしかしてあるいは記憶が戻るやもしれぬと、そう期待して、ここまでやってきたのだが……」

「さようでございましたか……」

再会の感動の涙が一転して、心痛といたわしさの涙となりながら、ガウスはそっと目がしらをおさえた。

「陛下は、そのようなことが……私どもも、陛下の御命令により、ずっとこの年月のあいだ、パロにて陛下のお帰りをお待ちしながら、そのようなこととは夢にも存じませんでした。——もしも存じてさえおりましたら、この《竜の歯部隊》の精鋭一千名、陛下をお捜し申し上げ、一刻も早く安全にお守り申し上げるべく、どこへなりとも旅立ちましたものを。——しかし、ヤーンの神は深いお恵みにより、こうして私どものもとに、崇拝する陛下をお返し下さいました。——きっと、リンダ女王陛下とお会いになり、パロでお手当を受けられれば、時ならずしてご記憶の障害ももとに戻りましょう。——私どもも、何もあまり、陛下のお心を苦しめたり、お騒がせしたりせぬようにいたします。私どもの忠誠は何ひとつ変わりはありませぬ。それどころか、陛下のそのお病のことをうかがい、それもパロを守るための英雄的な行動の結果と思えば、陛下への崇拝と畏敬はいや増すばかりでございます。——どうぞ、ごゆるりとお休みあって……一刻も早く、ご記憶を取り戻されてくださいませ。私どもも、どのようなことであれ、陛下がもとに戻られますよう、手をつくしてお仕え申し上げます」

「長いあいだ、忠誠にもそうして待っていてくれたおぬしらに、あらぬ心配をさせて、すまぬことだな」

　グインは云った。かたわらでそのようすを見ていたマリウスから見れば、とうていその記憶が失われていようとは思えなかったし、また、記憶が失われていたからといって、何ひとつ、王として、また大将軍としてふるまうさまたげにはなっていないではないか、と云いたいところだった。

　ガウスの目にまたみるみる涙が盛り上がってきた。

「勿体ないおことばでございます。私どもは、陛下の親衛隊——そうであってみれば、陛下の御命令を守ることこそが唯一の本分、私どもはただひたすら、それに従っていたにすぎませぬものを」

「俺はいま、記憶を失っているゆえ、おぬしらを見ても、それがどのようなきっかけで集められたのか、俺がどのようにおぬしらを訓練したのか、まったく思い出すことは出来ぬのだが、しかし、今日一日、おぬしらの隊の動きを見ていただけでも、おぬしらが驚くほどみごとに鍛えあげられた精鋭のなかの精鋭なのだろう、ということは一目瞭然だった。——以前の俺はずいぶんとまた、念を入れておぬしらを選び、訓練していたのだろうな」

「恐れ多いおことば。——私ども全員のいのちはすべて陛下のものでございます」

ガウスは急いで腰の剣を抜き、くるりと柄をグインにむけてさしだし、剣の誓いをおこなった。ふたりの副長もいっせいにそれにならった。

「どのようなときでも、私ども全員の誰のいのちをも、御自由にお使い下さってかまいませぬ。私どもは、ケイロニアの豹頭王グイン陛下のおためにのみ動く、陛下の私兵でございます。たとえケイロニアのためであってさえ、陛下の御命令なくば動きませぬ。——ルアーの忍耐、と陛下は御命令になりました。その忍耐はいまこのように、ルアーの実を結びました。ルアーに心よりの礼を申し上げなくてはなりませぬ。軍神ルアーが、陛下を奇蹟的にわれらのもとにお返し下さったのです」

第三話　クリスタルの再会

1

「ああ！　グイン――本当なのね。本当にグインなのね！　本当に……」

リンダ女王はただ、そう繰り返すことしか、出来なかった。みるみる、そのスミレ色の瞳に涙があふれ出してくる。リンダが、最初に、帰還したグインと面会するために指定したのは、公式の謁見の間ではなく、女王宮の、リンダの居室であった。その天井の高い優雅な婦人室に大股に入ってきたグインの大柄な姿を見たとたんに、リンダの目からは涙があふれ出し、彼女は、そのうしろに続くものたちさえ、目に入らぬようすで目もとをハンカチでおさえた。

「ああグイン……グイン、やっと帰ってきてくれた……」

もっと、小さい子どものころだったなら、ためらわずにとびつき、グインの分厚い胸に顔を埋めてすすり泣きもしたことだろう。だが、立派なパロの女王となったいまではもう、そうすることは出来なかった。

ヴァレリウスが先導し、《竜の歯部隊》に守られたグイン一行は、その後はべつだん何の遅滞も異変もおこることなく、予定どおりにサラエムを出立し、ロードランドにもう一泊し、そしてそののちにクリスタルに入って、クリスタル・パレスに到着したのだった。

たっぷりと最初のうちに用心して旅程をゆったりととっていたせいもあって、クリスタルが近づくにつれて、心配されていたグインの体調も少しずつ回復し、もとの超人的な体力の復活のきざしも見え始めてきていた。それで、ヴァレリウスは、最後の一日だけ多少それまでよりも無理をして、一気にクリスタルに入り、一休みさせることもなく、そのまま待ち疲れているリンダ女王のもとへグイン一行をともなったのだった。

そのヴァレリウスが、いささか複雑なおももちで入口近くに相変わらずの黒い魔道師のマント姿でひかえている。グイン自身もまた、この対面に、おのれの記憶が戻ることへの非常に大きな期待をかけていたので、彼としては珍しく、いささか緊張のていであった。が、室に入ってきて、最初に、スミレ色の瞳と、ゆたかなプラチナ・ブロンドのきれいに結い上げた髪もつきづきしい、黒衣の女王のすがたを見たとき、グインの面体には、何の衝撃——あえていうなら、驚きも、また感動も浮かばなかった。

「どうしたの、グイン——どうして、そんなふうに、私を見ているの?」

最初の感動の涙をおしぬぐうと、リンダは、いくぶんいぶかしそうにそのグインを見た。それから、ちょっと首をふった。

「私、ちょっとしきたりを踏み越えてしまったのかしら。——皆の前で、堅苦しい公式の対面の儀礼など、したくなかったから、ここにお呼びしたのだけれど、少し、私は先走りすぎてしまったのかしら。——では、しきたりに少しだけ従うことにするわ。ケイロニア王グイン陛下、ようこそパロにおかえり下さいました。パロが現在あるのはすべて陛下のご尽力と自己犠牲のたまもの、わたくし、パロ聖女王リンダ・アルディア・ジェイナも、またわたくしの臣民すべても、あげて陛下に深い感謝の思いをかたときも忘れたことはございませぬ。——よくぞ、御無事でクリスタルにお戻り下さいました。心より、ご歓迎申し上げます。——これで、よくって？」

「いや——その」

グインは、いくぶん、ためらいがちに云った。それから、さらにためらいながら云った。

「その——たいへん、失礼なことを……うかがってもいいだろうか」

「何を？」

リンダの大きな瞳がさらに大きく見開かれる。リンダのうしろには、パロの女官のお仕着せをつけた小さなスニが、目をしばだたかせながらグインを見上げている。

「あなたが――パロの女王リンダ陛下そのひと……であられるか？」

「何――ですって」

リンダは、おもわず、蒼白になった。

が、むろん、ヴァレリウスからの、グインの記憶障害についての詳細な報告はすでに何回か受けている。知ってはいたが、しかし、こともあろうに、グインが、自分を、記憶していない、ということを、こうして目の前で知らされるのは、あまりに大きな衝撃であった。リンダの目は、こんどは、さっきとはまったく違う涙があふれ出そうになったが、彼女はなんとかそれを食い止めた。

「本当に、私がわからないのね」

いくぶん涙にくぐもった声で、リンダはつぶやいた。

「そうよ、グイン、私よ。私はリンダ・アルディア・ジェイナ、あなたにルードの森、スタフォロスの城で出会い、ノスフェラスであなたに助けられ、そして一緒にレントの海をこえ、はるかなアルゴスまできた……そして、そののちも、幽閉されていた私をあなたは単身で救い出しにきて下さった。その私よ――リンダよ。あなたには、私がわからないのね？」

リンダはまた、そっとハンカチで目がしらをおさえた。

「そして、それは、あなたが、その身を賭して、あの古代機械で、アモンもろとも――

転送されることでパロを救って下さった、そのゆえの犠牲だったというのね。だったら、あなたは、あまりに崇高すぎる犠牲を払われたのだわ。……なんということでしょう」

「すまぬ。……なんとなく、リンダ女王、というひとに対して、ずっと──その、俺なりの──このようなひとであろうか、という漠然たる想像を抱いてきた」

困惑したように、グインは云った。

「きわめて伝統ある、古い王国を単身率いられる威厳ある女王、しかも中原随一の美女とうたわれるかただとうかがっていた。──それゆえ、そのう、俺はもうちょっと──年のいったおかたなのだろうと信じ込んでしまっていたようだ。まだお若い、ときかされてはいたのだが、どこでどう考え違いをしてしまったのだろう。堂々たる威厳のある、高貴で恐しいばかりの気品をはなつ、うかつに話しかけようものなら首がとんでしまうような美しき女王──などというような影像が、俺のなかにいつのまにか巣くってしまっていた。いったい、何でだったのだろう。──だが、あなたは、そんなにもお若い……まるで、少女のように華奢で小柄で可愛らしい。──パロというほどの由緒ある国の女王がこんな、少女のような、可憐なひとだとは思ってもみなかった……」

「まあ」

リンダは思わず、困惑して泣き笑いのような表情になった。

「あなたにそんなことをいわれたら──私、どうしていいのかわからなくなってしまうわ。……あなたは、覚えておられないでしょうけれど、グイン、あなたは、まだいまよりもずっと幼かった、十四歳のときの私と最初に会ったのよ、はるかなルードの森で。――そのときには私は革の服を着て男の子のふりをしていた。双子の弟のレムスといっしょに――あなたのその姿が暗い森かげからはじめてあらわれた驚くべき瞬間を、私はいまだに覚えているわ。ふしぎなくらい、私はびっくりしなかった。たぶん仮面をかぶせられているのだろうと思ったせいもあるけれど、それよりも、なんだか最初から、あなたのそのすがたはとても自然に、よく知っているものでさえあるかのように私には思われた――そして、すべての物語がはじまったのだわ。あなたは覚えていなくなってしまっても、私はすべてを覚えていてよ……そうよ、グイン。私、これでも――ずいぶんと育って、大きくなって、大人の女になったのよ。あなたが最初に見た、幼い少女ではなく」

「いったい、あれは誰だったのだろう」

グインは、リンダのことばを、なかばほどしか聞いていないように思われた。

グインのようすは、なんとなく戸惑いながらおのれの中にひきおこされる何かの声を聞いているかのようにみえた。そのトパーズ色の目は瞑想的になかば閉ざされてしまっていた。

「俺は……どこで会ったのだろう。あのあまりに恐しいほどに威厳ある――巨大な――

そうだ、巨大な女の顔……俺を見下ろす、気品と威厳と知性とにみちみちた、だがまったく人間的なぬくもりというものをもたぬ、美しい女神の顔。——それを、俺は……いつのまにか、それが、すなわち、リンダ女王だと……思い込んでしまっていた。いったい、なぜ——いつのまに、そのように考えるようになってしまったのだろう。なぜ……それにこの……目の前にリンダ女王を見ていてさえ、目にはっきりとうかぶ、この——もうひとりの女——それが女王であることもはっきりとわかる——この顔は……誰の顔なのだろう……」

「グイン」

リンダは、ちょっと心配そうに、グインに近づき、そっと手をさしのべた。

「あなたがお怪我をなさっているときいてとても心配していたのよ。——クムを無事に通り抜ける奇策として、豹頭王に扮する剣闘士に化けて、タイスでクムの、あの有名なガンダルと戦い——そして、そのガンダルをたおしたものの重傷を負ったのですってね。むろん、いますぐに、パロの医学のすべてをつくしてお手当をして、もとどおりのおからだになるようにしましょう。こうして起きていても、大事はないの？　あなたはあまりにも強くてたくましいので、そんなふうに、重い怪我をおわれることがあるなんて、私は想像したことさえなかったわ。私の思いのなかでは、あなたはいつだって、この世で最強で、そして最高で——くめどもつきぬ活力と生命力の泉で、どんな不可能をさえ可能にしてしまう、そんなひとだったのよ……もちろん、いまでもその思いにはかわりはないのだけれど」

「俺の怪我は大したことはない。ヴァレリウスどのに受けた適切な手当のおかげで、ずいぶんと回復してきた」

グインはかろうじて答えた。そして、なんとなく、おのれのなかにわきおこるとまどいと不安と、そして不可解さにとらえられてしまったように、ちょっとひきさがった。いれかわって、進み出たのは、マリウスだった。もう、この期に及んでは、さすがのマリウスも一応腹をくくったようにみえた。本当の内心までは、わかりようとてもなかったが。

「リンダ・アルディア・ジェイナ聖女王陛下」

マリウスは、かるく膝をつき、完璧に優美な宮廷儀礼にしたがってかろやかに女性君主への親族の礼をした。

「王子アル・ディーン、ただいま帰参いたしました。長いあいだの不在により、ご不便と御心配をおかけいたしましたこと、何卒お許し下さいますよう」

「お帰りなさい、アル・ディーン」

リンダは、ようやく気を取り直して、マリウスのほうを向き直り、これも優雅にスカートのすそをつまんでかろやかに頭をさげた。

「御無事のお帰り何よりです。ゆっくりお疲れをいやして下さいな。——あとで、またいろいろとお話をしましょうね。ヴァレリウスから、ディーンさまのお気持について、またこの後のことについてご相談なさりたいということなど、いろいろうかがっております。——私も率直に申し上げるから、あとで二人でいろいろとご相談いたしましょう」

「おそれいります」

マリウスは云った。そして、また、ひきさがった。

入れ替わってリギアが進み出た。

「お久しゅうございます、リンダ女王陛下」

武人のおのれの君主への礼にしたがって、剣をさやごと前にかかげ、武人の礼をしながら、リギアは丁重に頭をさげた。

「聖騎士伯リギア、ただいまクリスタル・パレスに戻って参りました。またただちにおいとまをたまわりたいと申し出ることになりましょうが、しばしのあいだ、クリスタル・パレスにとどまらせていただくことを、どうかお許し下さいませ」

「ご苦労でしたね、リギア。ディーンどのと、グイン陛下をここまでこうして無事にお連れ下さったご労力に、あつくお礼を申します」

まるで、その場が、公式の宮廷の謁見の間でもあるかのように、優雅に、だがいくぶんよそよそしくリンダは答えた。それもいささか無理からぬこととはいえた——いろいろと納得のゆく事情があったとは云いながら、リンダからみれば、リギアは聖騎士伯の上に、亡夫アルド・ナリスの乳きょうだいでもあり、本来なら、ナリスなきあとのあまりにも人材不足のパロで孤軍奮闘するリンダを見捨てて、おのれの運命を求めて出奔していってしまう、というようなことはとうていゆるすべからざる逸脱行為、あまりにも身勝手なふるまいであった。ましてや、それは、おのれの恋するスカールの行方を求めての単身の出奔であった。リンダは、さまざまないきさつも心得てはいたし、それゆえ、一応、リギアを許しはしていたけれども、あまりよい感情を持っていなかったとしても、それもまた無理からぬことと云わねばならなかっただろう。また、ナリスの乳きょうだいである、ということも、いまとなっては、逆に、(それならば、本当はいちばん、ナリスを失った私をナリスにかわって助けてくれてもよかったはずなのに……)というらみをひそめてもいた。もっとも、リンダはいたって大人らしく、おだやかに話しかけ、何ひとつ、含むところがありそうなようすさえも見せはしなかった。それは、ヴァレリウスやヨナさえもかたわらにおらぬままに、単身でパロの再建に奔走しなくてはならなかったこのしばらくの歳月が、彼女をぐっと大人にした、という証拠そのものであるようだった。

「とんでもない。身にあまるおことばでございます。私は何もご尽力などいたしておりませぬ。すべてはヴァレリウスどののお力かと」

リギアもいたって穏当に答えをかえすと、またうやうやしく頭をさげて、うしろにひきさがる。

「こちらは？」

リンダは、目を、そのリギアのうしろにひっそりとひかえていたフロリーと、そしてそのフロリーにしっかりと手をつながれたスーティのほうに向けた。

急いでクリスタル・パレスに入り、ただちに謁見のだんどりとなりはしたが、その前にヴァレリウスは機転を利かせて、クリスタルにやってきた旅人たちのためにそれぞれの新しい衣類を用意して、パロ女王との会見にふさわしい身なりを出来るよう、準備してやっていた。マリウスやリギアについては、べつだん、何の問題もなかったが、フロリーはことに、旅から旅の続いたこととて、さいごに身につけていたのはもう、タイスであてがわれて以来ずっとそれ一枚で通していた、あまり上等とはいえぬ使用人の衣類であった――タイスでも、フロリーは、要するに芸人一座の衣装係兼雑用係としか、みなされていなかったから、ほかのもののように豪華な衣裳など、あたえられることはなかったのだ。スーティも当然そうであったので、二人とも、ずっと身につけっぱなしの衣類はもうずいぶん汚れ、みすぼらしくなっていた。

それで、ヴァレリウスは二人のために新しい清潔でそれなりにきちんとした衣類を用意し、湯あみをしてそれにあらためるだけの時間を与えてやったので、フロリーは、パロに入ってから支給された清潔な青いドレスにあらため、髪の毛をきちんと洗ってくしけずり、うしろでひとつにまとめていた。スーティも、清潔な子供服に着替えさせられて、だいぶん男っぷりが上がってみえた。

「…………」

ヴァレリウスは、誰から紹介するのかと、たずねるように、旅人たちを見回した。グインとマリウスの目がかちあったが、グインが目まぜしたので、マリウスがうなづいて進み出た。

「リンダ陛下、私どもがはるかクムの先からともなった客人について御紹介させていただきます。――こちらは、フロリーどの、すぐる昔は、かのモンゴール大公アムネリスどのの侍女であられた。そののちに事情あって金蠍宮を出られ、一子小イシュトヴァーンをもうけて、国境地帯のミロク教徒の村に身を隠しておられましたが、グイン及びぼくがその村に立ち寄ったことなどがあって、われわれと行動をともにされることになりました。――いろいろと、また、その事情などについても御説明申し上げなくてはなりませんが、その前にまずは、御紹介を申し上げましょう」

「…………」

リンダは、けむるようなスミレ色の瞳で、じっと複雑な思いをこめて、フロリーと、そしてスーティとを見つめていた。

それも、無理からぬ、というよりも、あまりにも当然すぎることであった。小イシュトヴァーン、と紹介された幼い少年は、誰が見てもはっとするほどに、その子の父親が誰であるのか、はっきりと示してしまう容貌を持っていた。そして、その子をひたと抱き寄せている小柄な、ひっそりとした若い娘が、その母親である、ということは、それは、すなわち、リンダがかつてこよなく愛した男——三年ののちに必ず迎えにくる、と誓った初恋の男性が、この女性を愛し、そして抱いた、ということを意味していたのだ。

むろん、この、一行のさいごの二人についても、ヴァレリウスは、リンダを動揺させぬよう、あらかじめ報告をさせてあったので、リンダのほうは、動揺をおのれ自身で整理をつけるだけの時間のゆとりはたっぷりとあった。だが、それにしても、いざ、目の前に、初恋の男とまがりなりにも《結ばれた》女と、そしてその女が生んだ、かつて愛した男の子供、という実物を見てみると、リンダとてもまだ年若い娘であるのだ。何も感じずにいることはとうてい不可能であった。

「あの……あの……お目にかかれまして、まことに……光栄でございます」

フロリーは、おずおずしながら、そっと低く膝をつき、スカートをひろげて、かなり身分の低い宮廷の宮女が最高王族にする礼をした。

「このような身分いやしき者までも、こうして直接おことばをたまわりますこと……恐縮至極でございます。モンゴール生まれの、フロリー・ラゲインと申す身分いやしき者でございます。こちらはわたくしの息子イ——イシュトヴァーン……」

フロリーは、そう名乗る瞬間だけは、我が子にその名前を与えてしまったことを、深く後悔したようすであった。ひどく口ごもりながら、かろうじてフロリーはその名を口にした。

「あの——あの……」

「そう……」

だが、リンダは、一瞬の動揺を、なかなかみごとにおのれのなかに押し込めた。スーティに向けた目は、穏やかで優しかった。

「まあ、可愛らしい坊やだこと。——おいくつになられますの？」

「は、はい……恐れ——恐れ入ります……あの、まもなく三歳にあいなります……」

「まもなく三歳。そう……ずいぶん、大きいのね、私には、子供がおりませんので、そのくらいのお子の大きさのどのくらいが標準なのかはわからないけれど」

「お——恐れいります……」

「フロリーさんとおっしゃるのね。——お目にかかったことは、あったかしら？」

「いえ……あの、陛下——わたくしは、身分いやしきしもじもの侍女でございましたので……そのような高貴のおかたには、あの……」

「そうね」

リンダは瞑想的につぶやいた。

「私は、ナリスが、あなたのかつての御主人、アムネリスさまと婚約していたころには、はるかな沿海州・草原におもむいて、パロ奪還の軍をおこそうとしていました。――パロが独立を取り戻し、あなたの御主人がクムのタリオ大公さまにお預かりになる前後に、私と弟レムスはパロに戻って参りましたの。――それきり、アムネリスさまとはお目にかかっておりませんから――あなたが、アムネリスさまのおそば仕えでとてもお気に入りの侍女だったことは、ヴァレリウスからうかがいましたけれど、かけちがってお目にかかってはいないわね。――私、アムネリスさまとは、お目にかかっておりますのよ。はるかなノスフェラスで」

「は、はい、あの……」

リンダの声の響きには、何か不思議な遠いものがあった。リンダは、もしかしたら、はるかな遠いあの日、ノスフェラスの砂漠で自分を見つめた緑色の瞳のことをまざまざと思い出していたのかもしれなかった。

(ちっぽけな小娘――!)

アムネリス――公女将軍アムネリスは、リンダをそう罵ったのだった。その屈辱は、いまだに、この本当は勝ち気なパロの女王の胸に焼き付いている。

その上に、アムネリスとは、二重三重のえにし――縁というよりは、因縁といったほうがよいような糸で結ばれている。アムネリスが政略結婚しようと拷問のすえにサリアの祭壇に進ませた男は、リンダの最愛の、いまはなき夫となったひとであり、そして、アムネリスが結婚して一子ドリアンを産み落とし、それとひきかえに自害してのけた、その子の父は、リンダに「三年だけ、待っていてくれ――王になってお前を迎えに戻ってくる」と言い残した、初恋の傭兵であった。

「ノスフェラスには、おいでにならなかったの？」

「あ、は、はい。わたくしは……あのノスフェラス遠征のみぎりには、まだまったくの……見習いでございまして、金蠍宮で……アムネリスさまのお帰りを、お待ち申し上げておりました……」

「そう……あなたは、おいくつになられるの」

「もう……あまりにいろいろなことがございまして……年も、わからなくなってしまいましたが――確か、そろそろ二十四になるのではないかと……思っております」

「二十四」

リンダは一瞬また、複雑なかぎろいを見せてつぶやいた。

「そう。――わたくしまだ二十一歳よ。――お年上でしたのね。なんだか、可愛らしくてお小さいから、わたくしより、年下かと思った」

「お、お——恐れ入ります……」

フロリーの出ようによっては、あるいは、リンダも、憎い恋敵——とも思ったかもしれぬ。

だが、フロリーはあのとおりの内気でおとなしい、あまりにもひっそりとした女であったから、ひたすら恐れ入って、それだけが頼みの綱だとでもいうかのようにスーティの小さな手を握りしめながら、うつむいておどおどしているばかりだった。そのフロリーの様子が、リンダの気持をかなりやわらげたので、リンダはなんとなくやるせなげに微笑んだ。

「二十四歳で、三歳になられようというお子がおいでということは……私の年齢にはもう、お子を生んでおられたのね。——私はまだ当分母にはなれそうもないわ。父たるべきひともすでにおりませんし……そうなの。ゴーラのイシュトヴァーン陛下のお子を……」

「あ——あの……」

「そんなに、心配なさらなくていいのよ」

ついに、フロリーのあまりにおどおどした様子が気の毒になったように、リンダは笑い出した。

「私、もしかしたらご存じかもしれないけれど、かつて、イシュトヴァーン王陛下とは、いろいろとありましたのよ……でもそれは、いまは遠い昔のことだし、それに私その後、アルド・ナリスと結婚しましたの。それにイシュトヴァーンさまも、あなたの御主人アムネリス姫と結婚なさったわ。だからもう、それは、ほんとに遠い昔のお話なんですもの。何も、そんなに、おどおどなさらなくてもいいのよ。本当に」

2

「は、は——はい……申し訳——申し訳ございません……」

フロリーは、そのリンダのことばに安心するどころではなかった。ますます、怯えあがって小さくなるのを、リンダは、むしろその彼女が気の毒になったように眺めた。

「可愛いかた」

リンダはそっと微笑みかけた。

「おひとりで金蠍宮を出奔なさったときいたので、わたくし何となく、このリギア聖騎士伯のような凜々しい、ひとりで生きてゆける女性を想像していたわ。——こんな、小さなマリニアのような可憐なかただとは想像もしていませんでした。——それでは、その坊やが、あの——イシュトヴァーンさまのお子なのね。ほんとに大きいこと——それに、利発そう……」

リンダは、ちょっと進み出て、スーティを見つめた。

スーティはさっきから、なんとなく子供心にもまったく新しいことがはじまって、それはこの、プラチナ・ブロンドの髪の毛をきれいに結い上げ、スミレ色の瞳と白蠟のように白い肌をもつ、黒いドレスに身をつつんだ神秘な女性からもたらされるのだ、ということを感じ取って落ち着かずにいるように見えた。スーティはずっとリンダから目をはなさずにいたし、リンダが話しているあいだにはずっとリンダを見、母が話していると母親を見上げて、幼いながらもなんとなく、母を守らなくては、と感じているようだった。

だが、リンダが一歩前に出て、ちょっと身をかがめて自分を見つめると、スーティはじっと首をもたげてリンダを見つめた。スーティの、父ゆずりの——というよりも父にうりふたつの黒いくりくりした目と、リンダのけむるような暁のスミレ色の瞳が、ぴたりとあった。

リンダは、ふいに、かるく身震いした。

「まあ」

彼女はうめくように囁いた。

「まあ、なんていうことでしょう。——この子……本当に、怖いほど、イシュトヴァーンにそっくり。——というより、きっと……あのひとの子供のころはこうだったんだわって——まるで、あのひとが、三歳に戻ってここに出現したみたい……なんてまあ——

なんてまあ！」

「……………」

フロリーは答えもできずにただひたすらうつむいていた。

だが、その、スーティの目をじっと見つめたあと、ふいに、リンダのおもては、妙に晴れやかになっていた。

「可愛い子ね！」

リンダは呻くように云った。そして、スーティにむかって微笑んだ。

「こんにちは、はじめまして。私はリンダ、リンダというのよ。僕は、なんというおなまえ？」

「おなまえ……」

スーティは考えこんだ。

「おなまえはなんというの？」

心配して、フロリーが小さな声でささやく。それへ、よけいなお世話だ、というように、スーティはその母の手をはじめてふりはらうと、リンダを見上げたまま、なんとなく大胆不敵な笑みをうかべてみせた。

「しゅーたん」

「まあ」

リンダが笑み崩れた。

「しゅーたんていうの？」

「うん。しゅーたん、しゅーたんでしゅ」

「まあ、しゅーたんなのね」

「あ、あの……あの――スーティと……いつも呼んでおりますものですから……」

「スーティ……ああ、そう……」

「おばちゃん」

スーティが、そこに居合わせた全員の心胆を凍らせるような発言をしたので、はっとみながすくみあがった。だが、スーティの次のことばで、皆はようやくまた息が出来るようになった。

「おばたん、ちれいね……ちれいなおばたん――おねーたん……？」

「綺麗？」

リンダは思わず笑い出した。

「まあ、有難う。私、こんな小さな紳士に褒めていただいたのははじめてだわ。それにおばちゃんから、おねえさんに格上げしていただいたのね。お姉さん、でも、もう、未亡人なのよ。――旦那さまがいて、そして亡くなってしまったの」

この話は、スーティにはいささか難しすぎた。

「みぽ……？　なに？」

スーティは首をかしげて云うと、それから、あっさりと自分で結論を出した。

「しゅーたん、おねえたん、しゅきだよ」

「まあ。有難うね。お姉さんも、スーたんが大好きよ」

「けっこんしゅる？　おねたん、しゅーたんとけっこんしゅるか？」

「まあッ」

リンダが今度は本気で笑いころげた。

「本当なの？　お姉さんと結婚してくれるというの？　いま会ったばかりだというのに？」

「こ、これ。スーティ」

蒼白になってフロリーがとめるのを、リンダは笑いながらとどめた。

「まあ、こんなに嬉しいお申し出はこの一年のあいだまったくなかったわ。でも、そのお気持はほんとに嬉しいけれど、しゅーたんがお姉さんと結婚してくれたら、しゅーたんは、十八歳も年上の奥さんをもつことになってしまうのよ。そうしたら、しゅーたんが若くて立派な殿方になるときには、お姉さんは、おばあさんになってしまうわ。でも、ほんとに、このしばらく、こんなに楽しい気持で笑ったことはなかったわ。有難うね、すーたん……ねえ、フロリーさん、私、ちょっと、すーたんを抱きしめてもよくって

?」

「あ、あの――あの、もちろん……あの……」

「すーたん、ここにいらっしゃい。お姉さんに、だっこだっこしてちょうだい」

「おねたん……だっこ」

スーティは機嫌よく云った。そしてちょこちょこと、手をさしのべたリンダのところにかけてゆくと、ひょいとリンダに抱きついた。

「まあ……」

リンダはスーティの、むっちりと肉のついた、よく発達した幼児のからだを抱きしめた。こんな子供のからだをだっこするのは、リンダには生まれてはじめてのことだったので、リンダの目には、思わずうすく涙がにじんできた。

「私とナリスの子供は、決して産まれることがないのだわ……だから、決して、育つこともない……」

リンダはつぶやいた。そして、スーティのからだを抱きしめた。

スーティはまったく御機嫌でいい調子であった。身をすりよせるようにしてリンダの胸におさまると、満足そうに鼻をくんくんならした。

「おねたん……いいにおい、しゅるよ。おはなのにおい……おねたん、けっこんしましょう。けっこんしてくだしゃい」

「まあ。——考えさせていただくわ、イシュトヴァーンさま」

リンダは目に涙を浮かべるほど笑いながら云った。そして、そっとスーティを膝からおろした。

「さあ、お母様が、こんな年上の、しかも未亡人に大事な坊っちゃんがひっかけられたら大変と、はらはらしておいでになるわ。——お母様のところにお戻りなさい。こんど、お姉さんと、一緒に御飯を食べたり遊んだりしましょうね」

「うん」

スーティは満足げにうなづいた。

「おやくしょくしゅる。おごはんたべる……おねたん、しゅーたんとあしょぶ……いいこ」

「いい子ね」

リンダはまた思わず泣き笑いのような表情を浮かべた。

「ほんとにいい子ね。——この子が大きくなったら、いったい……どんな若者になるのかしら。お父さんよりもはるかに……きっと、頼もしい英雄になりそうな気がするわ。そうではなくって？」

「ああ」

答えたのはグインだった。まるで我が子が楽しく遊んでいるところを見ている父親のように目を細めていたグインは、スーティを見守りながらうなづいた。

「この子は非凡な子だ。俺は最初から、この子はただものではない運命を背負っていると考えている。それだけに、大事に育ててやりたい。――この話はのちのち女王陛下にゆっくりときいて頂きたいのだが、この子の背負っている宿命から、俺はなんとかして、この子を自由に、安全に守り育ててやりたいと思っているのだ」

「女王陛下だなんて……」

リンダは、また一瞬悲しそうになりながら答えた。

「あなたは忘れてらっしゃるでしょうけれど、それでも、この国はあなたがいのちをかけて救ってくれた国で、そして私は、あなたがこの世界に突然記憶を失ってあらわれてから、最初に剣を捧げてくれた当人なのよ。――女王陛下だなんて云わずに、リンダ、と呼び捨てにして下さい。そうでなくては、私のほうがどぎまぎしてしまってどうにもならないわ。――ねえ、グイン」

「………」

「パロ、とそしてリンダ、ということばがずっとあなたの記憶を失った頭のなかにあって――それで、パロにいってリンダに会えばもしかしたら記憶が戻るかもしれない、と期待して、ここまでの長い困難な旅に出て下さったのだと、ヴァレリウスから聞いたわ。――記憶を失ってしまったという悲劇のなかで、私の名前だけを覚えていてくれたなんて、私にとってはこんな光栄なことはないわ。でも、それで、どうなのかしら？　こうして、私を見ていて——私と話をしていて……何も思い出さない？　何も、心にひびいたりよみがえってくるものはないのかしら？」

「ふむ……」

グインはじっと考えた。

それから、困ったように口ごもった。

「そうだな……いまのところ……まだ何も……」

「私がこんななりをしているからかしら」

リンダはつぶやいた。

それから、ふいに、何か思いついたように、そのスミレ色の瞳が明るくなった。

「ヴァレリウス」

「はい」

「それではこれで御挨拶がすんだということで、皆様には当分クリスタル・パレスに御滞在いただくのだから、まずはちょっとゆっくりしていただいたらいいと思うわ。そうしてまた、おひとりづついろいろと——他のかたが御一緒でないほうがお話になりやすいこともありましょうし、順々に、それぞれのかたとお話をしていったほうがいいと思うの。だから、ちょっと、いったん皆様をこの女王宮のすぐうしろの、賓客用の棟にご案内して、くつろいでいただいて下さいな。ああ、もちろん、ディーン殿下には王子宮に御本人のお部屋があるのだし、リギアには聖騎士宮があるから、そちらに戻っていただけばいいのだけれど。今夜は皆さんでお食事を私とともにして、ここにたどりつくまでの冒険について語って下さるでしょう。――私、今日どころか明日の朝まで、全部無理矢理予定をあけて、皆様との時間のためにとってあるのよ」

「は……」

「ミレニウスがフロリーさん親子のためにお部屋を用意していてくれるはずだわ。そちらにご案内させてちょうだい。――すーたん、またあとで会いましょうね。お姉さんはとてもあなたが好きになったのよ。――それから、グイン」

「……」

「グインだけ、ちょっと残っていて。私、考えたことがあるの。――ちょっと試してみたいの。半ザンほど、残っていて頂戴。そうして、そのあとで医師団を呼び寄せてあるから、すぐに傷の具合を見ていただいて……こののちの手当のようすについて決めてゆかなくてはね」

「はい、では、グイン陛下のみお残りいただいて、ほかの皆様は、いったんそれぞれのお部屋にお引き取りいただいておくつろぎいただき、そののちにお食事を陛下とともにされる、ということで。――御夕食のお時間も少々遅れておりますが、それでよろしゅうございますか」

「私はかまいません。こんな雑事はもう女官に引き渡して、あなたもちょっと残って、私が席をはずしているあいだだけ、グイン陛下のお相手をしていてくれないかしら、ヴァレリウス」

「かしこまりました」

「すぐよ。すぐ戻るから」

皆は、いったいリンダが何を思いついたものかわからずに、リンダが急いで奥に入ってゆくのを見送った。

だが、それはまた、謁見の終了の合図でもあったので、マリウスとリギア、それにフロリー親子は、急いで入ってきた小姓たちにそれぞれ案内されて、かれらに用意された部屋へと出ていった。ことにフロリーは、もともと気の小さい、動転しやすいたちであったので、中原にその美しさと数奇な運命で名をとどろかす聖女王リンダとの短い会見だけでもう、すっかり疲れはてていたのだ。イシュトヴァーンがリンダとの恋愛関係があった、というのは、フロリーははじめて知ったことだったので、そのことにもひどく動転していて、とんでもないところにうかうかと来てしまったのではないか、リンダが、かつての恋人の子供を宿し、生んでしまった女に対しては、「恋敵」として憎むのではないか、というような取り越し苦労で、フロリーはもう倒れてしまいそうだったのだ。

それゆえ、リンダの前から退出を許されたとき、フロリーは本当にほっとしたのであった。

「でも……ほんとにきれいなかた……」

あてがわれた部屋に入り、スーティと二人だけにされて、やっとほっとすると、スーティを抱きしめて、思わずフロリーはつぶやいた。

「ね、スーティ……ほんとにきれいな女王さまだったわね……でも、気品があって、お優しそうで……完璧な女王でいらっしゃるんだわ。あのお若さで、三千年の歴史を誇るパロ王国の女王として、おさめていられるなんて、なんて凄いんでしょう。……母様にはとうてい想像もつかないようなご苦労もおありでしょうに。――それに、未亡人におなりになって……ああ、そう――ナリスさまのようなかたの奥様になられてから……そしてナリスさまをなくされるなんて……そんなおそろしい経験、母様にはとても耐えられないわ……おお」

ふいに、圧倒的な追憶がよみがえってきて、フロリーは激しく身をふるわせ、いっそう強くスーティを抱きしめた。

「そうだわ……あのとき、ナリスさまが暗殺されたとアムネリスさまが信じて絶望され、悲嘆の底に沈まれたときの、あのお悲しみよう、苦しみよう、お嘆き……いまでもまざまざと覚えているわ。でもそれも当然だったと思うわ……素晴しいおかただったのよ。

なんでもお出来になって、素晴しいおすがたと……お声と……ああ、なんだか……あれは本当に百年も昔のようだ。そうして、ふしぎなふしぎな魔法をかけられて、いまここにあたしはこうしている……なんてふしぎなめぐりあわせなんでしょう。あのとき、アムネリスさまと御一緒に滞在していたこのクリスタル・パレスに、今度は、グイン陛下に連れてきていただいて、おまえといっしょに泊まらせていただいているなんてね。なんだか、あんまり不思議で……ああ、そうだ。ミロクさまに、無事にともかくもクリスタルに入れました、というお礼のお祈りをしなくっちゃあ……」

というわけでフロリーがひざまづいて、ミロクの神に感謝の祈りを捧げているあいだ、スーティは物珍しくてたまらぬようにあちこちを見物してまわっていた。タイスでも、むろんなかなかに立派な紅鶴城の一室を与えられてはいたものの、なんといっても、大道芸人としか思われていなかったのだから、あてがわれた室は決してそんな高級きわまりない賓客用のものではなかった。だが、ここでは、かれらは賓客のなかの賓客であるケイロニア王グインの連れであった。

用意された客間は、外国の王族が来たさいに用いられるたいそう立派なものであった。それはふた間続きで、豪華な広い寝室がついており、天蓋つきのベッドが二つ用意されていた。それに、パロも——少なくともクリスタル・パレスそのものはずいぶんと復興しつつあったので、もともときわめて贅沢に豪奢に、優雅に作られていたクリスタル・

パレスは、こうしてしょっちゅう使われている女王宮とその周辺を中心に、ずいぶんと過ぎし日の栄華を取り戻しつつあった。もともとの家具も結構もきわめて豪華なものであったから、ちょっと手入れさえすれば、それはあっという間にみごとな秩序と豪華さを取り戻したので、いったんは金蠍宮でずっと生活し、そののちバイアのアムネリア宮でも幽閉生活を経験し――そのあとまた金蠍宮で暮らし、先日まではタイスの紅鶴城をも見てきたフロリーにしてさえ、びっくりするほどに、さすがにクリスタル・パレスだと思わせるだけの豪奢さと典雅さがそこにはあった。

「なんてすごいお部屋でしょう」

ミロクへの祈りを捧げ終わってしまうと、フロリーは、目をまるくしながら部屋のなかを探検しているスーティと一緒になって、感心しながらあちこちを探検して歩いた。

「ほんとに、さすがに三千年の王都という感じだわ。――このタペストリの美しいことといったら。それになんて立派な家具なんでしょう、どれもこれもなんてみごとな仕上げなのかしら。――ああ、なんだか、いったいこんどは私たち、どこにいってしまうのでしょうね。いったい私たちはどうなってしまうのかしら。……スーティ、おまえの上に何も悪いことがありませんように。お前がいつもすこやかで……幸せで、そして正しく、つつましくあれますように。ああ、どうか、ミロクさま、お守り下さい。私は……私は、この子のためなら、いつなんどきでも、自分のいのちを捧げる覚悟は出来ております。この子のためになるなら、いつでも私のいのちをお取り下さい……そして、どうか、この子をお守り下さい……ミロクさま。ミロクさま」

フロリーが、そうしてまたしても祈りを捧げていたころ——

グインのほうは、ヴァレリウスとべつだん大した話もせぬままに、女王の居室で待たされていた。

「何も、思い出せませんか」

ヴァレリウスも、かなりそれを気にしていた。

「こういうことというのは、決してせいてはいけないとは思っておりますが……しかし、最初の一瞬というのが一番衝撃があるのではないかと期待していたのでございますがね……」

「俺もだ。だが、リンダどのの姿を見たとたんに、俺は、なんだか奇妙な衝撃にとらわれてしまった。俺の頭のなかにある、威厳ある年とった女の顔——俺はなんとなく、いつのまにか、それがリンダ女王なのだと、思い込んでしまっていたらしい。リンダ女王がまだ年若く美しい未亡人だ、ということも再々マリウスから聞いていたにもかかわらずだ」

「そうですねェ……でも、その年とった女の顔、というのも、気になりますね。いっぺん、魔道で徹底的にそのおつむりのなかにあるものを絵にでもしてみまして、それをごらんになれば、また何か、思い出されることがあるかもしれませんねえ。でも、本当に、このあとは全力をあげてパロ魔道師団と医師団がお手当に——ご記憶のほうも、おからだのほうも、お手当に専念いたしますから、あまり御心配なさらないほうが。——それに、パロにこうして入られましたので、私としては、もう、ケイロニアに、グイン陛下、パロ到着の知らせだけはどうしても出しませんと……のちのち問題になってしまいますでしょうし。これはまたリンダ陛下ともはかって決めることではございますが……」

「ウム……そうだな」

それもまた、グインにはなかなかに衝撃の事実だった。もう、自分は、否も応もなく、そうして国際政治の正式の渦のなかに追い込まれてゆくのだ、ということを悟らぬわけにはゆかなかったのだ。

「ケイロニアに知らせるか。——そうとなれば、だが、マリウスをどうするか、という処遇についても考えなくてはならなくなるわけだな。俺のほうも、おぬしらのほうも」

「そのとおりです。ケイロニアからのお迎えがくれば……おそらくは、そこではじめて、ケイロニア側と、パロ側とで、いろいろと突っ込んだ話し合いが持たれて、そこで、ケイロニアとは国際的な条約、協定の段階になってくると思いますよ。——その前に、マリウスさまが万一逃亡してしまうようなことがありますとねえ……といって……いやいやいや」

考えたくもない、というようにヴァレリウスは、首をふった。

だが、そのとき、「リンダ陛下がおみえになります」と、奥の扉をあけた女官がふれにきたので、あわてて女王を迎えに立ち上がった。グインもうっそりと立ち上がる。

「リンダ陛下、おでましでございます」

女官が告げた。

いったい、リンダが何を考えて、奥に飛び込んでいったのか、グインに待っているようにいったのか、二人取り残されたグインも、ヴァレリウスもさっぱりわかっていなかった。だが、入ってきたリンダのすがたを見たとたんに、二人は驚愕して目を見合わせた。

「これは……」

「グイン。——ねえ、グイン、この姿に、見覚えはなくって？」

駆け込んできたリンダが叫んだ——文字通り、駆け込んできたのだった。

これには、グインよりもヴァレリウスのほうが相当腰を抜かした。なんといってもヴァレリウスが知っている最近のリンダといったら、たおやかに黒い喪服のドレスに身をつつみ、髪の毛をきれいに結い上げた、しっとりと物静かなかげりある未亡人のすがたばかりであったからだ。

「これはまた、陛下……」

リンダのほうももう、「駆け込んで」くることなど、何年にもわたって出来なかったに違いない。だが、いかにも身軽そうにかけこんできたリンダは、そのことがとても楽しくてたまらぬようだった。

彼女は、なんと、白いゆったりとした絹のブラウスの上にぴったりとした茶色の革の胴着と、それにあったぴったりとした茶色の革のズボンをはき、そしてきれいに結い上げていた髪の毛をすべてほどいて、下に垂らしていた。ずっと髪の毛を切っていなかったので、その髪は背中までもゆたかにふさふさと垂れて素晴しい銀色に光り輝いていた。

「一番似たような服しか見つからなかったので、これしかないのだけれど」

彼女は叫んだ。

「ねえ、グイン。この姿に見覚えはなくて。この姿の私なら、何か感じるものはなくて？　ねえ、どうかしら？」

3

「む……」

一瞬、グインは、何かにはっとうたれたかのようにその場にすくんで、そのリンダのすがたを見つめた。

正直のところ、十四歳の当時とは、リンダもすっかり、顔も大人びて女らしくなっていたし、からだつきもずいぶんとかわっていたので、あの当時のおもかげがそんなにあったとは云えなかったが、しかし、ゆたかに流れ落ちる、光り輝くプラチナ・ブロンドと、そしてそのスミレ色の一生懸命な瞳とは何も変わっていなかった。もっとも、あのころのいかにも未成熟な少女がそうした格好をしているよりは、いまの愁わしげな未亡人の色香を漂わせる若い女性に育った彼女がそうして少年めいた男装をしていると、逆にけっこうなまめかしい色気が漂ってしまう、というのも本当であった。ヴァレリウスはいささか目を白黒してその姿を見つめたが、なんとなく赤面して目をそらしてしまった。

だが、リンダは羞じらうどころではなかった。彼女は、グインに記憶をなんとかして取り戻させたくて必死だったのだ。

そのリンダの必死さは、グインにも伝わっていた。グインは、懸命に、何かをおのれのなかから引き出そうとするかのようにそのリンダを見つめた。

「私はこの格好で、ルードの森であなたとはじめて会ったんだわ。あなたは、ほとんど裸みたいな格好で、そうしてあちこちに傷をおっているみたいにみえた。そうして、あなたは、私たちをとらえようと追ってきたモンゴールの兵士たちを一瞬で倒してしまい、それから私たちを、助けを求めるように見つめたんだわ……だから、私、逃げだそうとするレムスをひきとめて、云ったのよ……ねえ、私に出来ることがあって？　って——」

「私に——出来ることがあって……」

なんとなく、はっとしたように、グインは繰り返した。

それにかすかな手応えを感じて、いっそう、リンダは熱心になった。彼女は、記憶を呼び覚まそうとおそろしく真剣なしかめっつらになりながら、《あのとき》をそのまま再現しようとするかのように、手をさしのべて、グインに近づいた——もっとも、その背景は、むろん、あやしく夜の迫り来る、妖魅と奇怪な生物たちの脅威にみちたルードの森ではあろうはずもなく、美しく整えられた、豪華で、だがかつてに比べればずいぶんと簡素なパロの女王の居間でしかなかったのだが。

「ねえ、何か、私に出来ることがあって——私はそうきいたわ。そしてあなたは、水をくれ、と手振りをしたの。だから私はあなたに水をあげたわ——そうよ。こんな重大なこと、私、何もかも、細大漏らさず覚えていてよ。——あなたは最初、どうやって水を飲んでいいかもわからないように見えたわ。それから、あなたは水をのみ……そして、グイン、グイン、といったのよ。それから……そう、いまでもはっきり覚えている。あなたは云ったの。『アウラ』って」

「アウラ」

ふいに、グインのたくましい全身に、痙攣のような身震いが走った。

リンダは、はっとしてヴァレリウスと目を見交わした。自分がもしかして、何かの重大な鉱脈をさぐりあてたことをリンダは悟った。

「そうよ。あなたはいったの。『アウラ』って。何回も云ったわ……グイン、と繰り返すことばには、何か、とてもよく知っているひびきがあったから、私は、グイン、というのがあなたの名前なの、とたずねたわ——でも、『アウラ』については、あなたは、それがなんで自分の頭のなかにあるのかもわからないふうだった。おお、そうだわ……」

ふいに、圧倒的によみがえってくる記憶に、リンダはおのれのからだを両腕でかきいだくようにして、身をふるわせた。

「そうよ……ああ、覚えているわ。あなたは云ったの。あなたは、記憶を失っている……自分がなにものなのか、なんでこんなところにいるのか、わからない、といったの。——私が、ここはスタフォロスの砦の近くだ、といっても、何もわからないようだったわ。スタフォロス、ということばにも、何も聞き覚えはないようだった。——そして、あなたは云ったの……ああ、覚えているわ……」

リンダはまた、はるか昔の、グインにはじめて会ったときに彼がいったことばをちくいちそのとおりに思い出そうと熱意のあまり、両手で頭をおさえ、美しい眉をしかめた。

「ああ、そうよ……あなたはいったわ……自分は何ものなのだ、って。グインというのが、俺の名なのか？　って。自分は誰と戦って、なんでこんな森の中にいて、なぜ豹頭なのか……何もわからない、ただアウラ、ということばだけが頭のなかで鳴り続けている、って……何もわからない、何もわからないって、あなたは繰り返していたの……」

「ああ……」

グインは、まるで、そのたくましい胸の底からしぼり出すような吐息をもらした。

リンダは、そのグインの心境を察した。彼女の感じやすいスミレ色の瞳に、深い同情のいろがあふれた。

「ああ、そうよ……あのときも、あなたはそういって、おのれの頭をつかんで苦しそうにうめいていたの。それをみていて、私、あなたが悪い人ではない、とてもかたく確信することができたのよ。レムスはおそれていたわ――とても心配していた。このあたに出現した巨人が自分たちをどうにかしてしまうのではないかと、なんとかして逃げようと私をうながした。だけど、私はレムスのことをばかだといったの。そして、あなたと一緒にいることにしたの……」

「……」

「そうして、私たちとあなたは――一緒に、スタフォロス城の追手にとらえられて――そうして、そのとなりの牢で、私たちは……うら若い傭兵のイシュトヴァーンに会ったんだわ。そう、となりの牢に、入れられていたイシュトヴァーンは、なんとかして牢を抜け出そうとしていた……それも、覚えていない？　イシュトヴァーンのことは、覚えていないの？」

「覚えてはいないが、知ってはいる。その後、俺は――俺がふたたび意識を取り戻したのは、ノスフェラスの砂漠のことだった。だがそこは俺にとっては、居心地もよかったし、セムやラゴンたちが王として扱ってくれ、とても大切にしてくれたが、ここにいるかぎり俺の記憶は戻らぬ、と感じられる場所だった。それゆえ、俺は、ケス河を渡って中原に――おのれの頭のなかにひびいていた、《パロ》と《リンダ》ということばに導かれて、はるかなパロを目指すことにしたのだ。――だが、ルードの森にわけいった俺はそこでイシュトヴァーンと出会った。イシュトヴァーンはモンゴールの内乱の残党を自ら追って辺境地方まで出陣してきたところだった。俺はイシュトヴァーンと戦った……」

「まあ」

それは、リンダの知識のなかにはなかったことだった。リンダは衝撃をうけて口に手をあてた。

「そ、そうだったの？　あなた、イシュトヴァーンともう……会ったのね？　イシュトヴァーンは、もちろん、あなたを知っていたでしょう？」

「俺は、イシュトヴァーンに、俺が記憶を失っている、ということを隠すのにいろいろと難儀をした。――イシュトヴァーンは当然、いろいろなことを俺がすべて知っているものとして話しかけてきたし、俺はその話から、俺の喪失した記憶を埋めてくれる手がかりを探そうと必死だった。だが、結局、俺はイシュトヴァーンとたたかい……そして、イシュトヴァーンに重傷をおわせてしまった……」

「……」

また、リンダはびくっとして、おのれをかきいだいた。

「そう、だが、そして俺は……もとアルゴスの黒太子と呼ばれていたというスカールどのと出会い……俺がもっとも困惑したのは、俺自身は記憶を失っているというのに、ゆくさざきで出会うイシュトヴァーンにせよ、スカール太子にせよ、そうでないゆきずりのものたちでさえ、みな俺を知っている、ということだった。……かれらはみな、旧知のもの、とてもよく知っている存在、として俺に『グイン』と呼びかけ――その上に、かれらはみな、俺に対してなんらかのかかわりがあるようだった。直接知り合っていたわけではなくともだ。スカールどのからもいろいろなことを聞いた――だが、いちどきにあまりにたくさん、いろいろなことを聞かされて俺はすっかり混乱してしまった。ノスフェラスでも、セムたち、ラゴンたちからいろいろと聞いた――俺が、ノスフェラスを《オーム》の侵略から救ったがゆえに、俺はノスフェラスの王として、《リアード》と呼ばれているのだ、ということも……その後マリウスとも出会って、いろいろなことを聞くたびに、俺は、いっそ、みながよってたかって俺をからかっているのではないのか、申し合わせて俺をなぶりものにしているのではないかという気がしたものだ――ひとりの人間が、それほど短いあいだに、それほどたくさんの遍歴をし、たくさんのことをしでかし、戦さをし――業績をあげ……そもそも、一介の、記憶を失った風来坊としてルードの森に出現した、しかもこんな異形の豹頭の男が、わずかの時間で、ケイロニアの王にまで、ケイロニア皇帝の女婿《じょせい》にまでのぼりつめる、などというヤーンのいたずらがありうるものなのだろうか――俺は、とても迷った。何をどこまで信じていいのか、誰を信じていいものなのか、まったくおのれ自身では判断がつかぬだけに――いや、だが、待てよ。これは驚いた」

「どうしたの、グイン？」

「俺は、いつのまにか、とても旧知の……とてもよく知っている、気心のしれた、気の置けぬあいてに話すように、女王に話していた。……俺の意識のなかでは、俺は今日はじめて、美しいパロの女王にお目見得を得たはずだったのだが、いつのまにか、俺はすっかりくつろいでいるようだ。まるで、とても昔からよく知っているあいてと話をしているかのように」

グインは苦笑した。

「それも、女王が、その格好をして出てきてくれたら、とたんにそうなったような気がする。――それまでは、俺はとても落ち着かぬ気分でいたのだ。ということは……その女王のすがたは、俺には確実に見覚えがある、ということなのか」

「女王、なんて呼ぶのはどうかやめて、グイン。私は、十四歳のときに、あなたにあやういいのちを救われ、そしてそののち、あなたとともに長い旅をしたのよ。そうして、そのあとも、あなたにパロを救っていただき――あなたのことを、本当に、私の守り神、守護神のように思っているのよ。どうか、私のことは、リンダ、と呼んで。私もあなたを、ケイロニア王グイン陛下、なんて呼べはしないわ。……十四歳のときからずっと、私は、あなたをただ、グイン、と親しく呼びかけてきたのだし、あなたを最大の心の友だと思ってきたのよ……あなたが記憶を失っていることがわかっていても、そうやって他人行儀に美しき女王よ、なんて呼びかけられると、私、からだじゅうの力が悲しみで抜けてしまいそうだわ。どうか、私のことは、リンダ、と呼んで頂戴」

「ああ。それではそうさせてもらうとしよう。——なんとなく俺にせよ、こうして話しているとどうしても、昔からよく知っている相手なのだ、という気がしてくるのは事実だしな。——だがそれにしても」

「ええ？」

「あなたの話は俺にはいささか衝撃的だ。——ということは、俺は……あなたの前に最初にあらわれたとき、あなたが十四歳ということは、何年……」

「七年前よ」

リンダはきっぱりと云った。

「七年前か。その七年前にこの世界にいわば《出現》したときに、すでに俺は記憶を失っていたのだな。すでにマリウスなどの口からそのあたりのことも聞いてはいたが、その場に立ち合っていた当人の口からきくとひときわ衝撃的に感じられる。——それでは、俺がもし、ここでヴァレリウスどのやパロのすぐれた医学の手当をうけて記憶を取り戻したとしても、それによって、戻るのは、七年前に出現してから、ふたたび記憶を失うまでの、俺がこの世界で積み上げた短いあらたな人生の記憶か——それとも、もし万一、それ以前の——どのくらいあったのだかわからないが、俺の《本来の人生》の記憶が戻った場合には、俺はもしかして、その後の記憶のほうを失ってしまうという可能性もなくはないわけか。——どちらにせよ、人間ならば、ふつうの平凡な人間ならば誰でも、どんな貧しい恵まれぬ生活を送っているものでも、不幸な限られた生活を送っているものでも当然持っている、《おのれの生まれ落ちてからものごころついて、いまにいたるまでの記憶》というものを……俺ひとりは、いずれにせよ欠損のなかでしか持ってはいない、ということになるわけなのだな。俺には……おのれ自身の存在についての連続性、といったものを知ることがついに禁じられている、ということになるわけか」

「いえ、それは」

思わずヴァレリウスが口をはさんだ。それから、そのことにちょっと恥じ入った顔をした。

「失礼いたしました。差し出口を申しました」

「そんなことはない。この件については、おぬしのほうがはるかに詳しそうだ。もし思ったことがあるのなら、教えてくれ。それに、俺はなにも、リンダどのに会った瞬間に劇的にすべての記憶が戻る、という可能性を期待していたというわけではないが——それにしても、マリウスと会ったときのこと、ヴァレリウスどのと会ったときのことからして、もうちょっと、何か火花のようなことが起きるのかと期待していた。だが、そうでなかった以上——俺はやはり医学的な治療にもおおいに頼らなくてはならぬかといま思っているところだ。それについてもおぬしの力や経験や知恵を借りなくてはなるまい」

「私が申し上げようとしましたのは、あまりそういう……その、お役にたちそうなことではございませんで」

ヴァレリウスはちょっと苦笑いした。

「私はただ、いま陛下が、陛下おひとりが、御自分の存在についての連続性を持たれぬ、と仰有いましたので……ついつい、そんなことはないと……申し上げたくてたまらなくなってしまいまして。——などと、私ごときものが申し上げることもまったく口はばったい差し出口ではございますが、たとえ、陛下御自身のご記憶のなかにそのような連続性がございますまいとも——陛下にちょっとでもかかわりを持った我々すべてにとりましては、陛下はあまりにも強烈に印象強いおかた——たとえ、陛下がどのように御本人ではお悩みになっておられますとも、私どもすべてにとって、すでにケイロニアの豹頭王グイン、その事績のすべては、まごうかたなき歴史としてしっかりと心に刻まれております。——私は魔道師でございますから、そうした歴史の記録を編纂するのもお役目のうち、こちらに御滞在のうちに、いつなりと、陛下がこの世界に出現なさってより——少なくともリンダ陛下の前にお姿をあらわされてからこっちのことにつきましては、私の知るかぎりのことを細大漏らさず何回でもお話申し上げたいと存じておりますが。それによって少しでも、陛下のお心が休まるようでしたら、それが――何を申すにも、陛下がそのようにして、二度目に記憶を失われましたのもすべて、このパロをお救い下さるためなのでございましたから」

「ああ」

グインは、ちょっと仕方なさそうに首をふった。

「おぬしが云いたかったのは、そういうことか。――その気持は有難くいただいておく。だが、俺がいった連続性の話というのは、結局のところ、あとからいくら、こまかな話をきかせてもらい、それをおのれの知識としてたくわえたにしても、結局のところ、俺はなかなか、それを『本当におのれがやったこと』だという気持にはなれぬだろう、ということだ。――それで、俺は、おのれの存在についての連続性が欠落している、といったのだ。俺にはあまり難しいことはわからぬ。哲学的に自己とは何なのか、などということは学者たちのように論議は出来ぬが、このようなひとと異なるすがたかたちをしている分、もっとなんというか切実に、おのれがどこからやってきて、そしてなにゆえにこのような存在としてあるのか、ということについて知りたい、知らなくてはならぬ、と感じている。いま、俺の持っている記憶というのは、ほんの半年ほど前にノスフェラスで意識を取り戻して以降だけの、ごくごく短いものにすぎぬ。――ということは、いまの俺の意識の中では、俺はまだたった生まれて半年の、それこそスーティよりもさえ短いあいだしか生きてはおらぬ赤児同然だ、ということだ。だが、俺のからだはすでにそう極端に若くはない成人のものだし、俺自身も、また、おのれがそれほどとても若いわけではない――たとえば、十代、二十代前半ではない、ということをなんとなく感じている。――こうした乖離はひとをとても不安にする。俺は、本当をいえば、その七年前に俺がルードの森にあらわれるそれ以前の《本当の俺自身》についてこそ、一番知りたいのだと思う」

「むろん、そのお気持はわかります」

ヴァレリウスは慎重に云った。

「私とても同じお立場にあったら、まったく同じように感じておりましたに違いありますまい。――でも、またしてもロはばったい差し出口になってしまうかもしれませぬが、陛下はこの七年のあいだに、きわめて大きな信頼と愛情と、そして尊敬のきずなをいたるところで結ばれたのでございます。そして、そのきずなは、たとえ陛下が記憶を失っておられても、それを持った相手からは決して失うことはございませぬ。それは私にしても同じです。――陛下のご不安については、心からご同情申し上げますが、私どもすべては――かつての陛下について知っている私どもすべては、ひたすら、陛下をお案じ申し上げ、一刻も早く陛下のお心をやすらがせてさしあげたい、と思っているのです」

「その気持は有難く頂戴しておくことにしよう」

グインはつぶやくように云った。

「そして、パロの進んだ医学にも、また魔道の力にもおおいに期待させてもらいたいと思っている。もしここで記憶が戻らぬのだったら、俺はもう、どこにその手だてを求めていったらよいのか、まったくわからなくなってしまうだろう」

「ひとつだけ、とても不思議に思うことがあるのですが……」

ヴァレリウスは云った。リンダも、グインも、思わずヴァレリウスを見つめた。

「それは何？　ヴァレリウス」

「はい。陛下は、パロに伝わるヤヌスの塔の古代機械で、《偽りの王太子》アモンもろとも御自分をいずこともしれず転送なさり、その結果ノスフェラスで意識を取り戻されました。——ということは、陛下は御自分をノスフェラスかそちらの方向へ転送されたわけです。——そして、陛下が記憶を失われるについては、やはり、この古代機械で転送された、ということ以外の原因は考えられません。——また、再々ヨナとも話し合ったことでございますが、グイン陛下がはじめて、リンダ陛下とレムスどのの前にあらわれたときの御様子からして、グイン陛下は最初にルードの森に出現されたときにも、もしかしたらどこかから、古代機械によって転送されてきたのではないか——もちろん、その古代機械はパロにあるそれとは違うわけでしょうが——と考えられます。二回にわたる、古代機械による転送のために、陛下は二回、記憶を失われたのであると――そのように考えてみますに、しかしとても解せないのは、ここにおいでのリンダ陛下、そしてレムスどのもまた、十四歳のとき、クリスタルがモンゴール軍の奇襲によって炎上したときに、この古代機械で転送されて、それでルードの森に飛ばされた経験がおありである、ということです。――しかし、リンダ陛下もレムスさまも、べつだん記憶を失われたり、人格が混乱なさる、なんらかの異常があらわれる、というようなことはおありにならなかったようです。何か、記憶障害などはおありになりましたか？」

「そういえば、ないわ……」

ちょっと、驚いたようにリンダが云った。

「私そのようなことから考えてみたことはなかったわ。――でも、そういえばほんとにそのとおりだわ。私、転送機に入ったとき、リヤ大臣が『座標が狂ってしまった』と叫んだことは覚えているわ。そして、意識を失い、次に気が付いたら、レムスと折りかさなるようにして、ルードの森に倒れていた。驚いてレムスをおこし、そのままもう夜が近いので、怯えながらそのへんのヴァシャの茂みに逃げ込んで、さまざまな妖魔におびやかされながら一睡もできない夜を明かしたものだけれど――でも、記憶がどこか途切れていたり、何かおかしかったりということはまったくなかったわ」

「それだけではなく、故ナリスさまは非常に多くの私財を投じて古代機械の研究に熱意を示されておられました。きわめて近距離だけではありますが何回となく、囚人や志願したものたちを転送してみては、この機械についてあれこれと研究されていたものです。いろいろな条件によってかなりさまざまな異変や事例があったようですが――これについては、いずれあらためて、私よりもはるかに詳しい古代機械の専門家のヨナ・ハンゼ博士に聞いていただければと思います。――このようなことを申し上げているのは、もしかして、それが、陛下の記憶喪失を解決するカギになりはせぬか、という気持からだけなのですが」

「ふむ……」

「私はこの事変の当時には魔道師ギルドのまだずっと下っ端として、クリスタル・パレスにご奉公申しあげていただけでしたので、あまり詳しいことは知らなかったのですが、リヤ大臣が実はパロを攪乱せんとする真の敵の手先であり、『座標が狂った』と称して、実はあらかじめ打ち合わせてあった敵の手中におふたりを送りだそうとしたのである、ということはもう調べがついております。しかしさらに本当に座標の狂いがあったために、おふたかたは運よく、敵軍が待ちかまえていたところより、かなり奥まったルードの森に転送され、それでお二人の転送を知ってとらえようと追跡してきたモンゴール軍の追手を、そこにあらわれたグイン陛下がたおし、お二人を救われたのだ、ということだったと――きわめて複雑にさまざまな因子がぶつかりあって、このあやしいヤーンの構図が織りなされたわけですが、ひとつ確かなのは、これまでの事例として、古代機械による転送があっても、ナリスさまやリンダさまレムスさまは記憶の混乱や喪失を生じられなかった、ということです。このことになんらか意味があるのかないのか、それも私ごときでは到底わかりませんが、しかし、陛下が、さいごにアモンを御自分ごとはるかな地の果てに転送されようとしたとき、恐れ多くも私もその場に立ちあっておりました。私ごときの脳味噌ではとうてい理解できぬことが沢山ございましたが、ひとつだけ確かだったのは、あの古代機械が、陛下を《マスター》と呼び、陛下の御命令によってのみ動いたことです。そして、陛下の御命令により、あの機械は陛下とアモンをどことも知れず転送したのち、その動きを停止しました」

4

「……」

グインは、いささかけげんそうな顔をしながら、ヴァレリウスのことばを聞いていた。

当然のこと、ともいえたが、いまのグインにとっては、そのヴァレリウスが語ることばというものは、大半、ほとんど意味をなしてはいなかったのだ。だが、グインは、少しでもそのヴァレリウスのことばから何かを感じ取ろうとするように、何も云おうとせず、じっと、真剣なようすで聞いていた。

「陛下が、古代機械の転送によって記憶を失われたことと、陛下だけがあの機械を自在にあやつられ——ナリスさまも長年の研究によって、ずいぶんと精密に使われるようにはなられておられましたが——しかし、機械が陛下を《マスター》として扱っていたこととのあいだに何か関係があるのかどうか——いずれにせよ、古代機械そのものが、陛下、という大きな謎について、とても大きな手がかりをはらんでいることは間違いないのではないかというのが、私の考えなのですが。それにつきましては、いずれ、お時間をいただいて、さきに申しましたヨナ——現在は宰相代理を退いてより、王立学問所の主任教授となって、王室相談役を兼任いたしております——ヨナ博士と二人で、陛下に、そのいきさつについて御説明した上、いろいろと調べさせていただきたく存じます。——また、あの古代機械そのものも、陛下がお戻りにならなくては二度とは動かぬ、ということをヨナが申しておりました。でも陛下はお戻りになったわけです。その機械をごらんになったり、あるいは、機械に……転送まではゆかずとも、内部にお入りになってみても、ずいぶんとご記憶にかかわりがあるのではないかと思うのですが」

「ウーム……おぬしのいうことは、いまの俺には何がなんだか少しもわからぬ」

グインはへこたれて云った。

「とにかくいきなり、パロに入ってから事情がかわりすぎて、俺はこれまでようやくかろうじて適応してきたような状態ではまったくついてゆけなくなってしまっている。少し時間をもらって、とにかく嚙んで含めるように、これまでの経過を教えてもらわぬことには——その古代機械というのは何なのだ。そんなもののことは聞いたこともない。マリウスも確かにそのようなものについては、あまり話していたという記憶はなかった。いや、そのようなことも云っていたのかもしれない、というよりも、何かそれにかかわった話もあったのかもしれないが、確かにマリウス本人もあまりそれについてはよく知らなかったことは確実だ。まあ、ともかく、俺はパロについたのだ。あとは少しく時間をもらって、記憶が戻るものかどうか、おぬしの力を借りることが出来れば、ということだ」

「おお。勿論です」

ヴァレリウスはいそいで同意した。

「これは、なんだかことをせいてあれこれとあわただしく申し上げ、まことに失礼いたしました。——それに、陛下は何はともあれ、その左腕のお怪我を癒され、もとどおりに左手が動くよう、回復につとめられなくてはなりませぬし。明日から、いや、いますぐでも医師団に診察をしてもらい、さっそく、どのくらいかかれば左腕の能力が回復されるか、ただちに調べてもらいましょう。それに、そのお怪我のまま、長旅をしてこられたというのに、しょっぱなから、あれこれと難しい話をしてしまいました。どうしても、陛下と御一緒しておりますと、あまりに以前とおかわりないので、何ひとつ変わったことはなかったような気持になってしまいまして……じゅうじゅう、陛下の状態については存じ上げているはずですのに」

「いや……」

「私を見ても——このすがたになったのをみても、あまり、グインの記憶は戻ってはくれなかったということなのね」

いくぶんしょげて、リンダは云った。

「なんとかして、グインに、私のことを思い出して欲しかったのだけれど。やっぱり、本当にあのときのままの格好でなくては、あまり力がなかったのかしら。それとも、私ひとりでは駄目で、レムスと二人でなくてはいけなかったのかしら。——でも、レムスも、あの子ももうすっかり背も高くなってしまったし、きっと、いまあなたが見ても、もうあのころのあの子とは思えないだろうと思うわ。——そうね。きっと、私も、ずいぶんかわってしまっているんだわ。あなたが最後に見たときからは、そうかわっているとは思えないですけれど……まだ、それほど長い年月がたったというわけではないですもの。でも、やっぱり、きっと、あなたの心に残っているのは、最初にルードの森で会ったときの十四歳のリンダではないかと思ったのよ。……もしそうだとしても、もう、いまの私では、そのときの記憶を呼び覚ますことはできないのかしら」

「記憶は……確かに戻らなかったが……」

グインは、いくぶん慰めるように云った。

「しかし、俺は、あなたを見て、なんとなく、何かを感じている。——うまくは云えぬのだが、なんといったらいいのだろう。古く懐かしい何か——恩愛の絆、情愛の絆、とでもいったらいいのだろうか。あらたに知ったこれまでまったく知らなかった相手だ、という気は、どちらにせよ俺にはしない。——なんとなく、慕わしい、懐かしい感じは最初にお顔を拝見したときからしていた。——それは、ヴァレリウスどのにも同じだったのだが。俺はこの相手を知っている、という気がした――マリウスのときには、もっとはっきりと、この相手は自分とかなり深いかかわりのあった相手だ、という気がしたのだが」

「まあ。それじゃ、マリウスのほうが、私よりも印象が強かったということ?」

リンダは不平そうに唇をとがらせた。

「そんなのひどいわ。――でも、仕方ないわね。マリウスは、なんといっても、いまは、あなたにとっては――ケイロニア王であるグインにとっては、義理の兄なのですもの。それにここまでずっと一緒に旅をしてきたのですってね。――おそらく、そのきずなのほうが、いまのあなたにとっては、失われてしまった過去の記憶のきずなよりも身近に感じられたとしても無理はない。――いいわ。でも、私は若いんだし、これからの歳月のほうがはるかに長いわ。私はあなたとのあいだに、またあらたなもっと確実な絆を結び直せばいいいんだわ。でも、覚えていてね、グイン。あなたは、私の最初の騎士でしたのよ。私を――私とレムスを守ってアルゴスまで安全に連れていってくれる、という契約をして……あなたは、本当にそうしてくれたのよ。あなたは、私にとって、最初の騎士だったんだわ。そして、あなたは私に最初に――ルードの森にあらわれてからの話だけれど、最初に剣を捧げてくれたのよ――そのう、それは、もちろん、《雇い主》としての話にすぎなかったのだけれど」

「その話も、ゆっくりときかせてくれ」

グインは穏やかに答えた。

「俺にとっては、何もかも目新しい。マリウスにいろいろ聞いたことはあったが、それはとにかくマリウスの知っている範囲のことに限られていた。それだけでも、あまりにもたくさんの事柄があって、俺は目がまわりそうだったが、こんどはさらにたくさんの過去の事実にふれて目をまわすことになりそうだ。いまヴァレリウスどのが云われた《古代機械》とやらいうものについてはまったくもう俺の想像のほかだ。なんだか、パロに入ってきて何もかもいちどきに変わってしまった気がする」

「そう……そうよね」

「あの《竜の歯部隊》についても、俺のほうはまだいささか——あのように熱烈に迎えてもらって、あれほどよく訓練された部隊が俺の親衛隊であるときかされ、しかもその訓練は俺がほどこしたのだ、と云われて、俺はただひたすらめんくらうばかりの気持なのだが——しかし、かれらの反応を見ていると、おそらく、俺をからかったり、だましたりしているようにも思えぬ……」

「まあ」

仰天してリンダは云った。そして思わずヴァレリウスと目を見交わした。

「なんてことを。かれらがあなたをからかったり、だましたりですって？　あんなに一生懸命待っていたのに――私たちだってそうよ……」

「すまぬ。失言したなら許してくれ。俺にはわからんのだ」

グインは困惑したようにこうべを垂れた。

「まだ、俺は――本当の意味ではどうしても、おのれが、本当に《ケイロニア王グイン》と呼ばれるような英傑で、これまでマリウスからきいたようなとてつもないことの数々をすべておのれがしでかしてきたのだ、などと信じることも出来ずにいるのだ。まだ当分は俺はひたすらまごついたり困惑したりしているばかりだろう。だが、それも許していただきたい。俺にとっては、なんだか、ヴァレリウスどのに会ってからこっち、目がまわるだけではすまぬ、それこそ、グーバにのせられて滝下りをでもさせられているような状態なのだ」

「無理もない……とは思うわ」

リンダはそっとつぶやいた。

「ともかく、いったんゆっくり休んで。そして、そのあいだにとにかく私はヴァレリウスとはかって、あなたの記憶が回復するための――もちろん、からだのお怪我もね――すべての手だてを尽くせるようにするから。ずっと、安心してクリスタル・パレスにいらしてね、グイン。ここにいるかぎりは、何ひとつ、強制されたり、あなたの意に染まぬことになったりすることはないわ。この国は、あなたが救って下さった国なのよ。この国とこの国のすべての国民は、みな、あなたを救い主とあがめているのよ。グイン」

「………」

そのリンダのことばに、グインは慰められたようにもみえなかった。むしろ、いっそう、考えこむようすになってしまった。

「さあ、陛下はかなりお疲れになっておられます。いったん、お食事の前にお休みになりましたほうが。——お手当もいったんし直して包帯もとりかえ、お薬もとりかえて差し上げたほうがいいと思います。小姓、陛下を、ご用意した客間にご案内するように」

ヴァレリウスがとりなすように云う。グインは、むしろいくぶんほっとしたようにリンダに会釈した。ゆっくりと出てゆくグインを、リンダは悲しそうに見守った。

「私、こんな格好をして、まるで滑稽な道化みたいにふるまったのかしら」

リンダはひどく悲しそうにいって少年めいた格好のおのれを見下ろした。

「ヴァレリウスから、グインが記憶を失っているときかされたときも、私、ほんのちょっとしたものだとたかをくくっていたし、それに、何があろうと、私をひと目見たら、夢からさめたようにグインはすべての記憶を取り戻してくれるものとばかり思っていたのよ。——だけれど、グインが、私をみてもまるきり見知らぬ女を見るような顔をしているのをみて、ものすごくショックだったわ。……だから、そうだ、もしかしたらグインには、こんな格好の、未亡人のドレスとヴェールをつけた私なんて、見たのははじめてだったのかもしれない、って思ったの。考えてみたら、前にもそんな格好、見せていたはずだったんだけれど。——そう思ったとたんに、そうだ、では、ルードの森で会ったときの格好になれば、っていちずに思ってしまったのよ。そうして、私って、思いこんだらすぐ実行してしまう気の短いところがあるものだから……でも、あんまり、役に立たなかったみたいだわ」

リンダはしょげて云った。ヴァレリウスは、なぐさめるように首をふった。

「いや、しかし、明らかにグイン陛下は、リンダ陛下がそのおすがたになられてから、反応が変わられましたよ。——昔から知っているような気がするとおっしゃっておられましたでしょう。あれはやはり、そのおすがたを見られてからだったと思います。決して、効果がなくはなかったですよ」

「そうだったら、少しはこうしたかいもあるんだけれど」

リンダはまだ多少しょげたまま云った。

「でも、本当に私がわからないなんて。——でも、それが、私たちの国を守ってくれるための結果だったと思うと、本当にケイロニアのひとびとに対しても申し訳がたたない。お願い、ヴァレリウス、このさき、どんなに費用がかかってもいいわ。いまのパロにはかなりきつくても、そんなことを云えた義理ではないし、それに、前よりはほんのちょっとだけれど、いまはパロの内情も少しは立ち直って楽になってきたし。だから、とにかく、これからしばらくは、グインに記憶を取り戻してもらうこと――おお、もちろん怪我もなおして、すっかり元気になってもらうことを、最大のパロの急務として。それについては全面的にあなたにまかせるから、どんなことでも――どこか遠いところから偉い魔道師を呼んでくるだの、あるいは特別の薬をとりよせるだの……私にはわからないけれど、どんな手だてでもつくしてグインの記憶と健康を取り戻させてあげてちょうだい。そのためなら、私、もっともっと働くし……経費を削減しろというのだったら、いくらでもするわ。私もうずっと新しいドレスなんか作ってもいないし、食事だってもっとずっと粗末でもちっともかまいはしないんだから」

「リンダさまは、いまでさえ、これ以上無理なくらいの自己犠牲を払っておられますよ」

ヴァレリウスは気の毒そうに云った。

「第一、いまのパロは、おっしゃるとおりほんの少しづつは立ち直ってきておりますから、そんな、リンダ陛下のお衣裳の一枚や二枚、ましてお夕食の皿数くらい倹約なさらなくても、そのくらいのことは大丈夫ですよ。というより、そのくらいは、私がまたなんとかいたしますよ。――ともかく、今日はグイン陛下もお疲れでしょうから、リンダ陛下とお夕食をとられたあとは、手当をうけられてゆっくりと休んでいただき、明日、ヨナ博士がクリスタル・パレスに来られてから、あらためて、グイン陛下のお手当と記憶を取り戻すための方策について、あれこれ相談し、その結果を陛下に御報告申し上げます。古代機械のこともお忘れになっておられたようでしたが、もしかして、古代機械のために記憶を失われたのであれば、古代機械でもう一回転送されればもとにもどるようなことだって、ないとは云えませんからね。――もっともこれは、それでももう一回、いま持っておられるだけの記憶さえそこなわれたら、とお考えになったら、恐ろしくて、グイン陛下とても、とうてい試してごらんになるのはおいやだ、と云われるかもしれませんが」

「これまで、自分のゆかりの――自分が好きだった人、嫌いだった人、縁のあった人、みんな何もかもわからなくなって、自分が何ものかさえもわからなくなってしまうなんて――！」

リンダは、恐ろしそうにそっとつぶやいた。

「そんな悲劇がこの世にあろうなんて、私、これまで、想像したことさえなかったわ。――しかも、グインは、ごく短い期間に、そんな大変なことを、二回も経験してしまったなんて。――それは、私だって、もしも同じ目にあったとしたら、どうなってしまうか想像もつかないわ。――とうてい、いまのグインみたいに、それでもとにかく落ち着いて、取り乱さずに自分をおさえてなんかいられはしないわ。動転して、どこへともなく飛び出していったりしてしまうかもしれない。それを考えたら、よくあんなに落ち着いていられる、というか、ああして普通にしていられるのだって、グインだからなんだわ。——なんという胆力なんでしょう」

「それも、まことにそのとおりですが」

ヴァレリウスはちょっと、声を低めた。

「グイン陛下のことは、むろん、いまおおせになられたとおり、パロとしては全力をあげてその記憶のご回復につとめる義務もあります。また、早急にケイロニアへも使者をたて、このような事情であるということも御説明いたしませんと、ケイロニアこそは一日千秋の思いで、きわめて心配しながらケイロニア王陛下の行方を案じているでしょうから、いろいろとやっかいなことになるでしょう。——ということで、直ちに、私は、ケイロニアに使者をたてるつもりなのですが」

「そうね。それは、そうしなくてはならないでしょう」

「となると、でございますね……」

ヴァレリウスはさらに微妙な顔つきになった。

「ここで、二つばかり問題になってくることがございますね。——いや、ケイロニアに関してはまあ、ひとつ、といってもよろしゅうございますが……」

「わかるわ。マリウス——というか、ディーンのことね」

「さようで。これにつきましては、明日とはいわず、今夜、お食事会が終わられましてから、深夜にでも、ひそかに閣僚を召集しまして、早急にパロのとるべき態度を決しておきませんことには……また、ケイロニアから早速にグイン陛下お迎えの手勢が送られてまいりました場合、それに対して、マリウス殿下のことはどのようにするか……まことに困難な国際問題になりかねませんし……といって、ディーン殿下がお戻りになった、ということも、すでにおそらく《竜の歯部隊》からなり、あるいはそうでないまでも、ケイロニアからとても、当然パロにも間諜は送り込まれていると見なくてはなりますまいし——グイン陛下が失踪したのがパロなのですから、当然、ケイロニアとしては、パロの内部での動きについてはちくいち、目をはなさずにおりましょうし。となると……下手に隠し立てをするといっそうややこしいことになってしまいましょうし……」

「そうねえ……」

「また、マリウスさま御本人は、どうあれ王太子になられるのは気が進まない、という御意向のようでございますしね」

「……」

リンダは、一瞬、おもてをかげらせた。

だが、ヴァレリウスもヨナもおらず、ただひとりで国政を切り回していなくてはならなかった時間が、ずいぶんと彼女を大人にしていたので、その場で、それについての率直な意見をいうことはしなかった。

「それにもうひとつ。これは、いまの時点ではさのみ重大とも見えぬかもしれませんが、いずれきわめて重大になってくるのではないかと――これについては、正直申しまして、サラエムまで来る途上でも、さんざん、グイン陛下ともお話したことでございましたが……あの、フロリー親子のことです」

「ああ……そうね」

「これまでのいきさつをきけば、フロリー親子をグイン陛下が救い、そしてそのままに捨てておくことを危険だとも、またあの坊やのことをふびんにも思われてここまで同道された、ということ――パロにこの親子を預けて安全に養育してほしいという御意向であられた、ということは、やむをえぬことでもあると思います。またことに、以前のグイン陛下でしたらまったく異なるように行動されたのではないかと思いますが、いまのグイン陛下は、それ以前の記憶をすべて失っておられるわけなのですからね。――ということは、この世界の国際情勢についてのご記憶もない、ということで、だとしたら、それはまあ、とりあえずゆたかで平和な国だと思われてパロに親子を預けようと思われたのも無理からぬことかもしれません。まして、いまのグイン陛下は、ゴーラ及び旧モンゴールとパロの間の確執の歴史についても、よくはご存じないわけなのですから。しかし、こちらにしてみれば……」

「………」

リンダは、かなり複雑な表情で、ヴァレリウスを見やった。

「いまのパロの国力、武力、といった問題ももちろんですが……よしそれがかなり上り調子であったとしたところで、そうであればあるほど、いま、他国からの侵略や、派兵などは、パロとしてはもっとも敬遠したいところです。ましてそれが、かの無法国家ゴーラとなればですね。——そもそも、ゴーラに対して宣戦布告したい気持というのはむしろこちらのほうがあるわけで、ナリスさまのことだってありますし……」

「ヴァレリウス。それはもう」

「はあ。わかっておりますが、しかし、いまだに、私のほうには、そういううらみもないではございませんし——しかしまったく正直のところ、ゴーラどころか、自由国境の山賊どもが攻め込んできたとしてさえ、いまのパロの武力では……」

「それはでも……当分、回復は望めないわ」

リンダは憂鬱そうに云った。

「あえていえば、私が女王としておさめているかぎりは。皆がどれほど頑張って盛り立ててくれても、おさめている私そのものが、やはり、決して好戦的にも、いくさに対してきわめてたくみにもなれないですもの。それはもう仕方がないわ——私は武人ではないし、それにしょうがないから女王としてつとめてはいるけれど、ちゃんと帝王学をおさめてきたわけでもないのよ。そうね——でも、私としては、さまざまな複雑な気持ちはあるにせよ、ああして、パロを頼ってきてくれたかよわいよるべない親子を、お前たちがいるとパロがあやういから、と追い出すような気持にはなれないわ。まして、グインが――大恩あるグインが、パロを頼ればと思ってくれたのであってみれば」

「そのお気持もよくわかります。私とても、気持としては同じ考えです。しかし、そうなると、いままさにゴーラにむかって帰途についているカメロン宰相の部下がおり、その部下がイシュタールに到着して小イシュトヴァーン王子のことを報告すれば、当然、ゴーラはその王子を取り戻そうという口実のもとにパロへの派兵を考えましょうし……」

「私には、すぐにどうすればいいのかはまったくわからないわ。ヴァレリウス」

一瞬バラ色のくちびるをかんで、リンダは云った。

「あなたはどうすればいいと思うの。よい考えがあって」

「まだよくよく考え抜いてみなくてはなんとも申せませんが――あるとすれば、ひとつだけ、ですね」

「とはどんな？」

「ケイロニアに頼り、ケイロニアをげんざいのパロの後ろだてとすることです。――ケイロニアに限りませんが。あるいはクムでもよいのですが、クムですと、いま、ひそかにあちらからもち上がっている、リンダさまをクム大公タリク殿下の大公妃に迎えたい、という話が非常に表面化してきてしまいます。それはこちらとしては断固避けたい。そもそもそれではパロがクムの属国化することは避けられませんからね。――となると、やはりゴーラの派兵をそこと組んだだけで、そこがうしろだてになっているというだけで防ぐ効果のあるような国というのは、ケイロニアしかない。まあむろん、グイン陛下がここにおられる以上、ケイロニアとはいずれもっと深いやりとりがおこなわれると思いますが。――ただ、その場合ですね……」

「……」

「ここでまた問題になって参りますのは、吟遊詩人マリウスことアル・ディーン王子ことサイドン伯爵の処遇、ということになりましょうねえ……」

「……」

リンダは、けむるように長い睫毛をあげてヴァレリウスを見つめた。その紫色の瞳は、困惑とも、苛立ちともつかぬ色を湛えて黒ずんで見えた。

第四話　終わりとはじまり

1

「ここにいたの、フロリー」

　そっと声をかけて、部屋に入ってきたあいてをみて、フロリーはちょっとびくっと身をふるわせた。それは、よく見知ったマリウスだったのだが。

「あ……」

「どうしたの。なんだか、さっき、夕食のときとても元気がなかったから、ちょっと心配していたんだよ」

　マリウスは、入ってきてあたりを見回した。

「なかなかきれいな部屋をあたえてもらえたんだね。広いし、いごこちもよさそうじゃない？」

「は、はい……あの、私のようなものには……もったいない……」

フロリーの声が小さくかぼそくなった。

スーティは、フロリーのスカートにまつわりつくようにして、なんとなくそこにいたが、母様をいじめるけしからぬ奴がまたきたのか、というように、黒い、子供のくせになかなかきりっと太い眉をしかめてマリウスをにらんだ。もともと、スーティは、グインやブランにくらべると、いまひとつ、マリウスには信用がおけないらしい。

「何をいってるの。——なんだか、夕食会のとき、とても静かだったから、気になってね。何か気になることがあるの？」

「は、はい。——あの——」

フロリーは、かなりずっとくよくよと思い悩んでいたので、それ以上、内心を隠しおおせることが出来なかった。

それになんといっても、フロリーは、この道中で、結局のところマリウスに恋をしていたのだった。ずっとタイスではひきはなされていたので、フロリーの恋心も、またタリク大公という思わぬ介入者があって、いささかおさえこまれた格好になっていたが、いまは、それをさまたげるものはもう特になかったのだ。

「あの、あの——わたくし……」

フロリーはうろたえて赤くなりながら口ごもった。しばらく、マリウスと一緒に旅をしていて、ようやくずいぶんマリウスに馴れてきていたのが、しばらくまた、マリウスがタイ・ソン伯爵のもとにいっていたりして、はなれていることが多かったあいだに、すっかり馴れなくなってしまった、というようなふうにみえた。

「あの、私……私ずっと思っておりましたのです。——私、私——私たち……この、あの——パロに……クリスタルに参って、よろしかったのでしょうか……」

「え？」

ちょっと驚いて、マリウスは聞き返した。それはマリウスは想像もしたことのないことばだったのだ。というより、そのような考え方そのものが、マリウスにはとっくの昔に馴染めぬものになっていたのだ。

「なんで？　それはまた、どうしてそんなことを？」

「あの……私、知らなかったのです。リンダ陛下が——あの、リンダ女王さまが、あのう、イ——イシュトヴァーンさまと……」

「ああ、あれ。だってすごく昔の話だといっていたじゃない？　べつだんそのあと、リンダはナリスと結婚したんだし、イシュトヴァーンはアムネリス大公と結婚したんだし、何ひとつ、君が気にするようなことはないんじゃない？」

「そ——そうでしょうか……」

フロリーは口ごもった。そして、思わず、不安にかられて、自分のほうがすがりたいかのように、スーティの小さいからだがしっかりとしたからだを抱きしめた。スーティは好き勝手にちょうど部屋の反対側に行こうとしていたところだったので、いやがって身をもがいたが、フロリーがぎゅっと抱きしめると、あきらめておとなしくなった。

「私、あの——私——いえあの——きっと、リンダ陛下が……内心ではきっと、さぞかし——わたくしのことを、おいやだと思われたり……こうしてパロへやってきたりして、なんてあつかましい——なんてあつかましい女だとお考えになっておられるだろうと……」

「そんなこと、考えやしないと思うけれどな。第一、そう云われて、とっとと出てゆけとでもいわれたのならともかく、そうでないんだったら、別にそんなこと考える必要ないんじゃないの？」

「そ——そうなのかもしれませんけれど……」

フロリーはまたおろおろと口ごもった。そのようすを見ていれば、とうてい、フロリーのほうはそのように、マリウスのいったようなふうには考えられないのだ、ということは明らかであった。

「そんなことといったら、ぼくだって、よくまあ平気な顔をしてパロに戻ってこられたもんだ、クリスタル・パレスに顔を出せたものだと云われなくてはならないよ。そうじゃない？」

「まあ——どうしてそんな。だってマリウスさまは、パロの正当な王子様でいらして、しかも……」

「ぼくが王太子だなんて、とんだお笑いぐさだ」

マリウスはやや獰猛に云った。

「大体、誰の目から見たって、これだけ王太子らしからぬ、というか王太子にふさわしくない人間なんているものじゃあないよ。第一、ぼくは、もともとパロの聖王家とは縁を切って出奔してしまった人間なんだ。たまたま、ナリス——兄ナリスの死という大事件にさいして、パロに戻ることになりはしたけれども、それは、王籍に戻るためでもなんでもない。ただ、兄の死にろうそくをたむけたいという思いだけだったんだ。そのあとまあ、いろいろあって、結局——しばらくパロにいることになったりはしたけれども、やっぱりぼくはこうして宮廷なんていうところにいるような人間じゃない。——そう思わない？　ぼくと宮廷なんて——しかもパロ宮廷なんて、似合わなさすぎる。ぼくはそりゃあ、たまたま、確かにパロ聖王家の血筋には生まれてきたよ。だけれど、ぼくは……ぼくの母は身分いやしい女官だったというので、しかもヨウィスの民の血が混じっていたというので、これまでは誰も、はなもひっかけやしなかったんだ。ナリスが死んでしまい、ナリスがリンダとのあいだに子も遺さず、レムスが廃王として王位継承権どころか、王室の人間としてのすべての権利を失うことになり、そうして聖王家の主流の血をひく人間が、リンダと、そして妾腹だけれどもこのぼくしかいない、ということになるまではね。——ベック公ファーンも発狂してしまったままおもわしくないようだし、そうなってからはじめて、かれらはディーンさま、ディーンさまと、ぼくが王太子をつぐのが当然だ、というようにいって追っかけまわしはじめたんだ。そんなの、おかしいよ」

「ま……」

フロリーは思わず両手をもみあわせた。

そのすきに、たとえ最愛の母にであろうとも、ぎゅっと抱かれていることのきらいなスーティはすばやく母の腕をすりぬけて、部屋の反対側の隅に逃げていった。そして、安全な暖炉の前の毛皮の上に座をしめると、そこから、じっと油断のない、幼児にしてはずいぶんとするどい目つきで、母と、そしてマリウスとの話しているようすをうかがっていた。そのようすを見ているかぎりでは、この幼な子が、そこでかわされていることばを大半理解していないとは、とうてい思えなかった。

「ぼくは本当をいえば、ここに戻ってくるつもりはなかった。リンダに会いたいといったのはグインであって、ぼくはグインをパロへ道案内したら、そのまままたどこかへはてしない放浪の旅に出るつもりだった。ぼくの魂は放浪の旅にむいており、それだけを望んでいるんだから。——だけど、ことのなりゆき上、ぼくもこうしてこのままここまで連れ戻されてしまったけれど、でもぼくは、ずっとここで朽ち果ててゆくつもりなどないよ。——まして、パロの王太子などになって、つまりはそのあと、いずれリンダのあとをついでパロ王として一生をしょんぼりこの国に縛り付けられて、この国のために尽くして終わるつもりなど。——そもそもこの国は一度だって、ぼくに対して本当に親切であったことなど、なかったんだから」

「まあ……そんなこと……」

「ぼくは結局母の伝えたヨウィスの民の血のほうが強かったということだろうと思うんだ」

マリウスはきっぱりといった。

「だから、たとえ、王になったって、ぼくはまた出奔したくて自分をおさえられなくなってしまうだろう。だから、何回連れ戻されても同じことだ。王になったところでぼくの魂は——からだを縛りつけられても、心はさまよい出てゆく。だから、ぼくはよい王にはなれない。決してなれない——ぼくが王になるということは、それは、パロが滅びる、ということと同義語だとさえぼくは思っている。明日にでも、リンダと会ってこれからの話をするときに、ぼくははっきりそういってやるつもりでいるよ」

「まあ——でも、あの、リンダ女王さまは、ほかには、誰も頼るかたはおありにならないのでしょう？　それに、ほかに王室のかたはおいでにならなくて……」

「それは、パロの問題だ」

妙にきっぱりとマリウスは云った。もっとも、フロリーの前だと、マリウスがそのようにきっぱりとふるまうことはごく簡単でもあったのだ。フロリーは感心したり、驚いたりしているばかりで、決してさからったり異をとなえることはなかったのだから。

「これまで、ぼくがどこでどうしていようと、ナリスがいるあいだは知らん顔で放っておいて、ナリスがいなくなったとたんに、こんどはぼくが異存なくその代理をつとめるべきだなんて——あんまり、ぼくの権利や気持を無視した話だよ。ぼくにだって、自分がこう生きてゆきたいという気持や好みや意志くらいはあるんだ。ぼくはもうずっと昔に王家の籍を自分の意志で捨てた人間なんだ。それをいまになって、やっぱり血は変えることが出来ないだろうなんて、そんなこと云えた義理じゃないとぼくは思うんだが」

「……」

それについては、フロリーはどう考えていいのかわからなかったので、両手をもみしぼっておろおろした顔をするだけだった。

マリウスはそのフロリーをじっと見つめた。そして、つと、一歩近づいた。思わずフロリーは身をかたくして、あとずさりそうになった。むろん、マリウスに近づかれたのがいやなわけではなかった。むしろ逆だったのだが、スーティはびくっとして、暖炉の前の毛皮の上から——それは、この部屋に入ってくるなりさっそくスーティの目をひき、たちまちにスーティのお気に入りになったのだ——上体を警戒した子ヘビみたいに起こした。

「ねえ、フロリー。きみも、このパロにくるのは気が進まなかったの？」

「え——えっ？　あの……いえ、あの私……」

「そうじゃないの？」

「いえ、あの私は……私は、こんなところに私のようなものが——こともあろうに、クリスタル・パレスになど、きてしまってはいけなかったのではないかと……」

「いけない、いけなくないで来るわけじゃあないと思うけれど。この場合君にはほかにどんな選択肢があったというんだい？」

いくぶんじりじりしてマリウスは云ったが、自分の思いのほうに気を取られていたので、それ以上フロリーのことばにかまってはいなかった。

「ねえ、フロリー。もしもぼくが、うまく——首尾よくこの宮殿を出てゆけたとしたら、一緒にこないかい？　もちろん……ぼくはグインのように君を守ってあげることはできないけれど、でも……」

「ええッ」

フロリーは、思いもよらぬことばをきいて、呆然となった。

「な、なんとおっしゃいますの？　こ、ここを——出てゆく——？」

「そうだよ。当然じゃないの。ぼくはここにいたくない。そして、まもなくケイロニアにもぼくがここに戻ってきたという知らせが届く。そうしたら、ケイロニアのほうからも、ぼくを引き渡せという話がくるかもしれない。そうしたら、パロのほうも、ぼくがいることでなにくれと迷惑がかかる。――だったら、とにかく、いまぼくがここにいったん顔は出したけれど、そのまままたいずこともなく立ち去ってしまった、ということになったほうが、パロは――リンダだって、どれだけか助かるはずだよ。リギアだってそうするつもりなんだし、ぼくがそうしたって、べつだんおかしかない。――だとしたら、君とスーティだって、そうしたらいい。そうして、なるべく誰にももう発見されないような――そうだね、ぼくは考えていたんだけれど、どうだろう。ヤガへゆかない？」

「おお」

そのことばをきくと、フロリーの目はまんまるになった。

「ヤ、ヤガですの？」

「そうだよ。ミロク教徒の聖地ヤガ。パロからは、南部に下ってゆき、ダネイン大湿原をこえ、そして草原をこえてレントの海の海岸線に出ればヤガにつく。それは長い旅になるだろうけれど、こんどは何も急ぐ理由があるわけじゃない。――そうして、パロ国内は、赤い街道ぞいであればわりあいに治安がいいところだし、ダネイン大湿原をこえるのは、専用の船が往復しているから、お金さえあればそんなに難しくないよ。ダネイン大湿原を渡る泥船の航路はとても発達しているしね。そしてその両岸にはさまざまな宿場も発展している。そして草原に入ってしまえば、草原というのは比較的、人心のおだやかなところだときいているよ。ダネインの南岸でどこかの隊商にいれてもらい、その隊商に入ってぼくは歌い、きみは洗濯物や炊事の手伝いなどをしながら、草原をよぎって、海岸線につき、ヤガ、テッサラ、スリカクラムを目指すのだったら、そんなに危険に見舞われる可能性はない。単身だと、大変かもしれないけれどもね、いろいろと。――ヤガなら、ミロク教徒ならば誰でも一生に一度はそこに巡礼したいと夢見る聖地だし、ミロク教徒が作っている、まさにこないだのタイスとは正反対のような町のはずじゃないか。そこでなら、きみは安心してスーティを育てあげることが出来るよ。いくらでも、禁欲的に、真面目に」

「ま……」

フロリーの目が輝いた。

「それは……それは、わたくし、ヤガには――一生に一回、やはりゆるされるものであれば巡礼の旅に出たいとずっと願っておりましたけれど……」

「ね。それに、スーティは……ケイロニアに連れていっても、このままパロにいてもこのさきのもめごとのたねになるんだよ。といって、ゴーラに連れ戻って、イシュトヴァーンの王子として育てられるのは、きみは気が進まないんだろう？　グインがそういって、そもそもきみをここに連れてきたのだし」

「はい」

フロリーはこれだけは、はっきりとうなづいた。

「わたくしは……イシュトヴァーンさまのもとにこの子を連れてゆきたくはございません。本当は、お父様なのですから、そうするのが筋であるのかもしれませんが、お父様といったところで、イシュトヴァーンさまは、わたくしがこの子を妊娠したことも、産み落としてひとりでここまで育ててきたこともご存じありません。——イシュトヴァーンさまをこの上驚かせたり、みだらな女だとか、そうして生まれた子どもをたてにとってイシュトヴァーンさまの奥様の座をねらうような女だなどとは決して思われたくございませんし、また、イシュトヴァーンさまには、アムネリスさまとのあいだに、ドリアン王子さまという、お世継ぎの王子様もおいでになります。——たとえとても不幸ないきさつで亡くなられたといっても、アムネリスさまは、わたくしの、大恩ある御主人さまです。わたくしが忘恩にも、アムネリスさまにそむいて、このような罪をおかして出奔してしまっただけで、アムネリスさまからおいとまをたまわったということではございませんもの、いまでも、アムネリスさまはわたくしの御主人様で——そのアムネリスさまがなきあとは、ドリアン王子さまは、アムネリスさまのわすれがたみなのですから、やっぱりわたくしの主筋ですわ。……だから、わたくしは、ドリアン王子さまにも、アムネリスさまと同じようにお仕えする義務があると思っております。ですから……決して、そのドリアン王子さまのご将来をおびやかすようなまねは、この子にだってさせられません」

「なるほどねえ」

この考えかたも、マリウスにはいささか目新しいものだったので、マリウスは感心して云った。

「きみって、そういうふうに考えるのだねえ。——まあ、なんだかきみらしいといえばそうかもしれないけど、なんだか……」

「………」

「ぼくなら、そこまでは考えないと思うけれどなあ。でも、そうやって、まだ見たこともない幼い王子のことまで思いやるところが、フロリーのすてきなところなのかもしれないけれども」

「まあ」

いささか舌の浮くように云われたそのお世辞は、だがフロリーにとっては、ひそかに恋しいと思っている男の口から出たというだけでも、とても嬉しいものだったので、フロリーはぱっとうなじまで真っ赤に染めた。

そのようすをみて、毛皮——それはダネインの北部でとれる湿原灰色オオカミの毛皮をまるごとなめしたもので、巨大な頭がついている、やや怖いものだったのだが、スーティが気に入ったのはまさにそのオオカミの頭部だったので、スーティはその頭に、まるで馬に乗っているみたいにしがみついていたのだった——の首ったまにかじりついていたスーティは、けしからんといいたげに頭をそびやかした。だが、マリウスはむろん、幼いスーティの存在など、気にかけてもいなかった。

「でも、きみがそう考えるときくと、なるほどもっともだ、と思わないでもない。——そうだね、もしヤガにゆければ、それがきみにとっても、スーティにとっても一番いいことなのじゃない？　ぼくはずっと考えていたのだけれど」

「ええ——わたくしは、本当にあの……リンダ女王陛下とは、何の縁もゆかりもないものでございますし、むしろ……わたくしの御主人アムネリスさまは、ナリスさまのことで……リンダさまとは、いわば恋がたきにあたられると思いますし……そこで、イシュトヴァーンさまと……リンダさまが、そのようないきさつがおありになったとうかがいましたら、わたくしは……当然、とてもここに置いていただいて、居心地よくしているというわけには参りませんし。——ですから、わたくし……リンダさまからそのお話をうかがってからこっち、ずっと、ああ、わたくしはここにきてはいけなかったんだ、こんなところにうかうかとやってきてはならない自分だったのだと、思っていたのでございます」

「いけないかどうかはともかく、むしろきみが、スーティを育てるのにもっと安全で、もっと心にかなった場所があるのだったら、そうしていけないっていう法はどこにもない。——グインに頼んで、ヤガまで、きみとスーティ——とぼく、というぐあいにゆけばいいんだけどな——を護衛していってくれる一個小隊を借りるようリンダに頼んでもらったっていい。——きみも、ただここで徒食しているというのは、あまりにも気兼ねなわけだろう？　そうする理由もないし」

「はい……」

ためらいがちに、だがはっきりとフロリーはうなづいた。

「わたくしは……リンダさまのおなさけにすがるどんな理由もないと存じておりますし……それどころか、イシュトヴァーンさまとリンダさまが、いきさつがおありになったとうかがったら、むしろ、わたくしは決してここにいてはいけないのではないかと思いますし……」

「そうだな。——リンダも一瞬、とても複雑そうな顔をしていたものね」

「はい……」

「そうだね、じゃあ、その話も、明日にでも、ぼくのほうから、リンダに、フロリーと話してやってくれといってみようかな。彼女だって、急なことで、気持の準備も出来てないし、いろいろと戸惑っていたと思うよ——でもずいぶん、大人らしく、ちゃんとお行儀よくふるまっていたものだと感心したけれどね。あれでむかしはけっこうお転婆のはねかえりだったものだけれども」

「……………」

「ぼくは、よほどしかし、リンダと――ことにヴァレリウスを説得しないと、ここから自由に旅に出してはもらえそうもない」

マリウスは憂鬱そうにつぶやいた。

「もともとパロにゆかりのないきみが、いったんここに落ち着いたからといって、やはり最終的にはこうしたいという身のふりかたを見出して、ヤガに出立していったところで、誰も不思議には思わないだろう。だけど、ぼくのほうは違う。――ぼくはまず、リンダはまだしも、ヴァレリウスという石頭をなんとかしなくちゃならない。これは大変なことだ。――いざとなったら、あいつ、それこそ、ぼくを催眠術にかけて洗脳してしまわなくちゃと考えるかもしれないし。――そのくらいのことはするやつだものな、パロの聖王家のためならば。あいつは、パロの聖王家のことしか考えていないんだ。亡くなったナリス兄さまに、忠義を捧げていたので、ナリスの遺志によって、聖王家を存続させ、パロを守ってゆくことのほか、何ひとつ考えていないんだ」

「まあ……」

「まあ、あいつがいてくれたおかげで、こうしてパロがかろうじて、なんとかとりとめているんだけれどもね。国家のていさいをなんとかなしているのは、本当にリンダとヴァレリウスのおかげであることは間違いないけれど。でも、だからといって、ひとの一生まで、なんでも——たかが半分だけ、聖王家の青い血をひいているからといって、誰もかれも道具として、パロ繁栄と存続のための道具として使っていいなどという法律はない。ぼくは、自由になりたい。ぼくののぞみはたったひとつ、それだけだ。ぼくは自由に大空をとびまわり、好きなときに歌をうたうひばりでいたいんだ。それだけだよ」

「………」

そのことばは、ヴァレリウスが聞いたらどう思ったか、それはともかくとして、マリウスにひそかに思いをよせているフロリーには、いたって正当に、ごくごくまっとうな、聞いて貰えないのがあまりにも気の毒なような言い分にきこえたので、フロリーは熱心にうなづいた。

「さようでございますわ……」

「そう思うだろう。——ぼくがどれだけ宮廷になんかむいていないかは、きみはこれまでの旅ですっかり見てきたんだろう。ぼくは、きみといっしょにヤガにむかって旅に出たいよ。——そうして、ヤガが気に入ったらそこにしばらく暮らしてもいいけれど、きみと一緒にね」

「ま……」

　またしてもフロリーは真っ赤になる。

　その、耳たぶまで真っ赤にそまった可憐な小さな顔を、マリウスは遠慮えしゃくなく眺めた。

「でもたぶん、ぼくはヤガにもとどまらないだろう。ミロク教徒の町では、あまりにも、カルラアの徒であるこのぼくとは似つかわしくないことは確かなんだし。そうしてぼくはまた風のように諸国へ放浪の旅を続けてゆく。それがぼくの望むたったひとつのことなんだ。パロなんか……どうなってもいいとまでは云えないけれど、でもパロのためのいしずえとなって一生を犠牲にしろなんて、そんなの、まっぴらだよ。そんなことをぼくに望むんだったら、なぜ、ぼくが若くてまだ何も知らなかったあのころに、あんなにぼくを疎外し、辛い目にあわせたんだ。どうしてもぼくはそう思わざるを得ない。――そう、あの幼い日がぼくを決めてしまったんだ。だから、ぼくは、ヴァレリウスのようにはパロを愛せない。だからってぼくを責めないで欲しいな。ひとを愛国者にするのは、その国からどれだけ愛をもらったか、その結果にすぎないんだから」

2

「それでは、陛下。——ゆっくりと、目を開いてごらんになって下さい」

ヴァレリウスが、よくとおる声で云うと同時に、グインは、ゆっくりと目を開いた。

「う……」

「ご気分はいかがでございますか?」

「ウム——悪くはない。だがよくもない。——なんとなく、頭がぐるぐるまわっている……からだが、まだ……首から上が、首から下とつながっていないかのような、変な気持だ」

「すぐ、もとにお戻りになりますよ。——この施術は、一瞬、そうした、離人症と申すのでしょうか、そうした感覚を起こさせるのですが、実際には、脳のなかみには何も異常はございませんから」

「ああ」

深く、息を吐き出して、グインは云った。そしてまた、目をとじた。

「目をおとじにならぬほうがよろしゅうございます。——目をひらいたままで、まわりを少しづつごらんになって、現実との感覚を取り戻されて——それから、少しづつ、起きあがってごらんになって下さい。からだが、動かせますか」

「ああ。なんとかな。だがなんだかまるでひとのからだのようだ」

「それもものの五タルザンで、感覚がすっかり戻ってまいりますよ」

ヴァレリウスは云った。かれらがいるのは、リンダがグインをもてなすために用意した客間の奥まった天井の高い大きな寝室であった。その寝室に、朝から、ヴァレリウスが率いてきた医師団と、そしてヨナ博士が選んだ魔道師たち数人が集まって、寝台の上に油布をしいてグインを仰向けに寝かせ、麻酔をかけて左肩の手当をし直すと同時に、その麻酔をかけたのをちょうどよい機会として、グインの記憶を取り戻せないかどうかと、催眠術をかけるこころみを行なってみていたのだった。

「左肩のおいたみはいかがでございますか」

かたわらにひかえていた宮廷医師団の医師がそっと口を出した。グインはかすかに目をまたたいた。

「だいぶいいようだ。きのうまで正直のところ、ヴァレリウスにもらった薬がきれるたびに、かなり痛んでいたのだが、いまはそのいたみが、よほど感じられない」

「ずっと臨時のお手当が続いておりましたので、傷の下のほうが少し化膿してしまっておりました」

医師は云った。

「それで、もう一回思い切って傷口を切開し、化膿した部分をきれいにとりのぞいてふたたび縫合いたしましたので――これでもう、あとはぐんぐんよくなられることと存じます。さいわい、グイン陛下はひとなみはずれた体力と活力に恵まれておいでになりますし」

「うむ……」

「予後はおそらく順調であられると思います。また、今日はこのまま、おやすみになっていたほうがよろしいかと存じますが、明日はゆっくりと起きあがってみられてもよろしく、そして明後日には、そろそろ左腕の機能の回復のための予定表を作ってみてもよろしいかと考えます」

「そんなに早くか。それは有難い」

「陛下でなければ、まずこのお怪我をこのような臨時の応急手当のままで、ここまでの長旅にたえるということがお出来にならなかっただろうと思いますので」

医師――まだ若くて、かつて宮廷医師団のなかの権威としてならしたモース博士の弟子にあたる、ガルシウスといったが、医師は感心したように云った。

「こうした傷というものは、受けた一番最初のときの手当が何より肝心でして。その意味では陛下は、最初に受けたお手当が必ずしも適切であったとは言い難い状態でおありでしたので、とにかく、ちゃんと縫い合わせてさしあげなくては腕の機能をすべて失われるところだったくらいの傷でしたのに、ずっとそれがなされないままで、しかもそのあとで一回傷が開いてしまっておいでになりますね？」

「ああ。それはおそらく、あの扉の鉄格子をむりやりこじあけてしまったときだろう。あのときは相当に痛かったからな」

グインは認めた。ヴァレリウスのいうとおり、少しづつ意識がはっきりし、現実感覚が戻ってきているようにみえた。

「無茶だということはよくわかっていた。だが、せぬわけにはゆかなかったのだ。確かにそれからあと、相当痛かったな。だがそのあとでおぬしがくれた薬のおかげで、だいぶ楽になったのだが」

「私のさしあげた薬というのは、ただの痛み止め、というよりも麻痺させるためのお薬なのですから」

ヴァレリウスが困ったように云った。

「そのあとも、ひきつづき差し上げながらもとても気になっておりました。本当は、そうして麻痺させるよりも、抜本的に治療しなくてはどんどん回復が遅くなられるのだが、とですね。——まあ、陛下の体力はまことに超人的の一言なので、あのような状態のままでも、少しづつ確実に回復しておられることにひそかに舌をまいておりましたが、もしあれが普通人でしたら、もういまごろは、下手をしたらおいのちのないところで」

「さよう、敗血症にならなかったというのは、運がよかったとしか申しようがございません」

ガルシウス博士は認めた。

「しかし、ともかくいまはもうすっかり悪い部分は取り除いて、きれいに縫合いたしましたので――しばらくすると麻酔がきれてお痛みになるかと思いますが、それは一時的なもので、それこそヴァレリウス宰相のお薬と同様のいたみどめをご用意しておきますから、それでおさえていただけると存じます。――それでは、私どものほうのお手当はすみましたので、ヴァレリウス宰相の御用事のほうにということで、私どもはこれにて引き下がらせていただきます」

「おお、たいそう手間をかけた。礼を言うぞ」

「なんの、天下に名だたるケイロニアの豹頭王陛下のお怪我をお手当できた、などと申しますのは、私ども医師団にとりましても一生の語りぐさになろうと申しますもので。それでは、もしもお痛みになりましたら、ひとり看護のものをかならずおそばにおつけしておきますので、その者におっしゃってご遠慮なく医師をお呼び下さい。いまの場合は、おそらく大丈夫だろうとはいうものの、もしかして、熱が出たり、悪くすれば悪い風が入るおそれもないわけではございませんから。明日また、お手当をいたしに参らせていただきます」

ガルシウスが合図すると、そこに控えていた医師たちとその手伝いの看護のものたちはみな立ち上がって、当番のひとりをのこして部屋を出ていった。

残ったのは、ヴァレリウスと、それにヨナ博士、そしてヨナが連れてきた魔道師数人だけであった。ヨナは注意深く、病人の目にさわらぬようにと窓にカーテンをひいた。

「本当はごゆるりとお休みいただきたいところでございますが……」

ヴァレリウスが云った。

「もうちょっとだけ、お時間をいただいたら、あとはもう、ゆっくりとおやすみいただいて、体力を回復につとめていただくようにいたしますので。たったいまの、催眠術の結果について、お話せねばなりませぬ。——この術を深くかけるためには、麻酔薬を用いると非常に役立つのですが、この麻酔というのはあまりみだりに使うと脳に影響が出る麻薬ですので、私ども魔道師はあまり使いたくございません。それで、医師団が使ったのをよいしおに、一緒にいろいろと、施術させていただいたのですが」

「ああ」

「まず、結論から申し上げますに、陛下は——確かに記憶を失っておられます。もしも記憶そのものは脳のなかにちゃんとあり、それがなんらかのはずみで、陛下の意識のなかにのぼってこなくなっただけ、つまりは陛下の脳のなかの記憶と、それを使ってものを考えられる陛下の意識とのつなぎめに故障ができたのであったら、この催眠術で、いろいろと言葉や過去のことがちゃんと思い出されてくるはずでございますが……陛下に術をかけ、いろいろとご質問させていただきましたが、陛下はただ、わからぬ、思い出せぬ、とおおせになるだけでございました。——つまりは、陛下の脳のなかにも、さまざまな記憶は、みないったん封じられ、あるいは失われてしまっているようです。あるいは、記憶そのものはまだ存在しているかもしれませんが、意識とのつなぎめに故障が出来たというだけではなく、完全にそれは、陛下の意識や、知識をつかさどるおつむりとは別ものとして、切り離されてしまったのではないかと思われます」

「そうか……」

「はっきりとお答えになるのは、御自分のお名前、そして、何人かの人間については、知っている、とお答えになりました。マリウスさまや、リンダさまのことも——しかしこれは、もう、ここにおいでになるまでの旅のあいだでしっかりと記憶づけられたことだった、というにすぎなかったかもしれません。——そしてまた、御自分がケイロニア王であられることについても、奥方のお名前や、偉大な義父のお名前についても、すでに知っていらっしゃることははっきりと答えられました。——が、その以前のこととなりますと——」

「つまり、パロから、失踪する以前のことか」

「はい。困ったことに、マリウスさまがかなりいろいろなことを話して知識としてお与えになってしまったものですから、それが、陛下のおつむりのなかにはかなりしっかりと入ってしまっておられまして……そうだな、ヨナ」

「はい」

青白く痩せた黒髪のヨナ博士はうなづいた。

「陛下御自身が、それは誰かにいつ聞いて知ったことか、それとももともと記憶のなかにあったことなのか、という区別が、きわめて混乱しておられるという印象を受けました。——その意味では、最初にマリウスさまからいろいろな話をおききになったのは、いささか、正しいお手当のためには障害になったかもしれません。——マリウスさまがお話になった種々雑多な知識が、陛下のもしかしたらもともと記憶のなかにあったかもしれぬことを引き出したり、あるいは合体したりしたかもしれないのですが、いまとなっては、それは陛下は、もとから知っていたのか、それともマリウスさまに聞いたことなのか、わからなくなっておいでです。ただ、とにかく確実なのは、陛下が、古い記憶になればなるほど、まったく何の手がかりもない、と感じておられることです」

「古い記憶……」

「はい。お眠りになっているあいだ——いったん医師団が手術に入るまえ、麻酔がききはじめたときと、それから、手術が無事すんで麻酔がきれはじめる直前に、わたくしどもがいろいろ質問させていただいたのですが、陛下は、ノスフェラスで意識を取り戻されてから、タイスを経てこのパロにいたるまでのあいだのことはなんでもきわめてはきはきとお答えになり――それ以前のことについては、何もわからぬ、とお答えになりました。ただ気になったのは、陛下は、さらに古い、パロスの聖なる双生児をルードの森、スタフォロス城で救われたことや、その後レントの海をわたり、アルゴスまでおふたりを送り届けたことなどについて、思い出そうとすると、ひどく頭が痛い、とおおせになったのです」

「頭が、痛い、と」

「はい。さらにそれ以前、それではルードの森に出現されて、パロの真珠をお救いになる前のことをうかがおうとすると、突然、ようすがかわられ、脳が割れる、頭が壊れてしまう、と叫んで非常に苦しまれるので、我々は大急ぎでその質問を取り下げなくてはなりませんでした。――全体に、最近のことであればあるほど、陛下は何も問題なく覚えておられ、そして昔にさかのぼればさかのぼるほど、《思い出してはいけない》という命令をでも、脳のなかか、あるいは脳のそとから受けている、とでもいったようでした」

「脳の外から、だと?」

グィンは思わず身を起こそうとした。だが、これはまだちょっと時期尚早だったので、呻きながらまたゆっくりと身をよこたえた。

「まだ、麻酔の影響もすっかり切れてはおりませんから」

あわててヴァレリウスが云った。

「今日はもう、このまま、我慢なさってまる一日、寝台にてお休み下さい。陛下なら、ぐっすり今日一日お休みになれば、明日の朝にはもう、今日とは別人のように体力をとりもどされると思いますよ」

「ああ。そうしたほうがよさそうだ」

グィンは珍しく弱音を吐いた。

「からだが、まるで鉄で出来ているように重たい。ガンダルの鎧をでも着せられてしまったかのようだ」

「無理して動こうとなさるとまた、左腕にも御無理がかかりますから」

ヴァレリウスはなだめた。

「それにおのどがかわいておられると思います。少し、のどをうるおされると、楽になられますよ。小姓、吸呑みでお飲物をさしあげて」

「かしこまりました」

「昔、というほどの昔ではないのに、百年もたってしまったように思われますが——こうしてよく、お動きになれないナリスさまに、吸呑みでカラム水をお飲ませしたものです」

瞑想的にヴァレリウスはつぶやいた。

が、すぐにまた、目の前の現実にひきもどされた。

「これはヨナとも少し話し合った、施術の印象なのですが……どうも、陛下のこのご記憶障害は、通常の記憶喪失というのとも、少し違うような気がします」

「と、いうと」

グインは、吸呑みでたっぷりとのどをうるおされると、かなり楽になったので、ヴァレリウスにたずねた。ヴァレリウスはうなづいた。

「さようですね……さきほど、記憶そのものはもしかしたら存在しているのかもしれないが、その記憶と、それを意識にのぼせ、知識として使うなんらかのつなぎめが切れてしまっていて、まったく関係なくなってしまっているようだ、と申し上げましたが、ほんのときたま、びっくりするほど明晰にお答えになるときがいくつかあったのです。だがそれは記憶していることの内容についてではなくて、『それは答えてはいけないのだ』というようなことを陛下はいくたびか、はっきりとおおせになりました」

「答えてはいけない——だと」

「さようです。それについてはまごうかたなく、陛下は、脳のなかに、それについて考えたり、思い出そうとしたりしてはいけない、という命令が下る、と感じられているようにお見受けいたしました」

「もしかすると、これはあくまで憶測ではございますが、私の受けた印象では、もしかすると陛下は、記憶を障害しておられるというよりは、記憶をたどることをなんらかの命令によって妨害されておられるのではないか、ということも考えられるのではないかと思いました」

ヨナが学者らしく、慎重な物言いをした。

「記憶をたどることを——命令によって……妨害、だと。ということは」

「思い出してはならぬ、という抑止がかかる、ということです。それゆえ、きわめて危険な個所にさしかかったり、また、逆にその抑止が比較的甘い個所があって、陛下が何かを思い出そうとされると、それに対して陛下の脳のなかから、強い妨害と抑止がかかって、陛下は頭が痛くなられたり、苦しまれたりする、ということです」

「そんな奇怪な話はきいたことがない。それは誰による抑制だ。何のための妨害だ」

「それがわかりさえすれば、その妨害は比較的簡単に取り除けるのではないかと思うのですが」

ヨナは云った。

「これからまだ、陛下のおからだがすっかりよくなられるまで、どうあってもパロでゆっくりと静養していただかなくてはなりません。——ケイロニアからのお迎えが参って、ただちにどうしても陛下をケイロニアにお連れする、ということになってしまえば、その限りではございませんが。でもまだ当分、ケイロニアとの使者が往復するあいだもひと月は必要としましょうし、そのくらいはどうあれ陛下はクリスタル・パレスに御滞在いただくことになりましょうから、その間ゆっくりと時間をかけて、私及び、私の選んだ医師たち、魔道師たちが全力をあげて、陛下のご回復に尽くしたく存じますが」

「そうしてもらえれば助かる。だが、それにしても奇怪な話だ」

ヨナのことばに、かなり心の深いところを揺さぶられていたので、グインはうめくように云った。

「むろん、俺のこの豹頭という異形のすがただけで、俺自身が充分に、きわめて奇怪な現象であるのだ、ということはよくわかっている。——だが、それにしても奇怪な話だ。脳のなかから抑止する命令が聞こえてくるだと。それはいったい、誰が命令しているのだ。俺の頭のなかに、俺ならぬなにものかが住んでいるとでもいうのか。それともその命令はどこか遠くから、遠隔操作のように届いてくるのか」

「この世におこるものごとは、じっさいには、きわめて人智でははかり知れぬことが多うございます」

ヨナは静かに云った。

「むろん陛下のこのおすがたもでございますが、それ以上に、本当にもっとも不可思議であるのは、この世がなぜかくあるのか、そして私どもひとりひとりがなぜこのように生まれついているのか——そしてそれらが結びあってふしぎな運命の綴れ織りを織り上げてゆくのか、ということではないかとわたくしはかねがね考えております。むろん陛下のこのご記憶とお脳についての問題もあまりにも大きな不思議には違いありません。しかし、それを申しましたら、かの古代機械の謎もついにまったくとけておらぬまま、古代機械は永遠の眠りについてしまいました。そしてまた、私たちがどこからやってきて、どこにゆこうとしているのか、人というものがなぜこのようにして存在しているのか、神とはなんで本当に存在しているのか——怪異、妖魅は人間とはどのように違うところから生まれてきたのか——何もかもわからぬことだらけでございます。それゆえにこそ、わたくしは、学問の道に志しました。何かひとつ狭い学問をではなく、『この世界』というもっともおおいなる謎をこそ、少しでもときたい、少しでもその謎について知りたい——その考えに動かされて、まだ若年ではございますが、私はここまで参ったのです」

「ふむ……」

「何かもが明らかになる日というのは、たとえこののち人類が一千年、一万年のよわいをかさねたとしても、おそらくやっては参りますまい。時がたってひとつの謎が解明されれば、そこにはおそらくまたあらたな謎が持ち上がって参りましょう。――そしてまた、どれだけ謎がすべてときあかされたとしても、結局、生命、というもの――私たちがなぜ、生まれてそして生きて死んでゆくのか、ということ、そしてまた、ある人はある人を愛し、ある人たちは愛し合い、ある人は愛しても愛されず、ある人は憎むのか、ということについても、私たちはおそらく何万年を経てもすべてをときあかすことは出来ますまい。――それを思うと、私はまことに敬虔、というよりも畏敬の思いにかられます。そして、ああ、自分は何もわかっていないのだ！　と叫びだしたくなるのです」

「………」

「もっとも、これは、陛下のご病気とは何のかかわりもない、私ひとりの下らぬ感慨でございました。申し訳ございませぬ」

「いやいや、そうではない。ヨナ博士だったな。――それは、まことに深いことばだ。俺は、この長い旅をしながら、ひとりで物思う時間があるたびにずっと考えていたのはまさしくそういうことだった――おぬしと異なり、学者でもなんでもないこの俺にとってはもっとずっと単純に、『この俺は何者で、なぜにかくあるのか。俺はどこからやってきて、どこにゆくのか』という問いに過ぎなかったのだがな。だが、これほど答えを見いだせぬ問いそのものをかかえて生きてゆかねばならぬ、ということ――そして、それはおそらく、豹頭であるとないとにかかわらずすべての人間が多かれ少なかれそうなのだろうということに思いあたったとき、俺は、俺の抱いているその疑問というものは、決して豹頭なるがゆえの特殊なものではないのではないか、と思ったのだ。ひととは何者で、なぜかくあるのか、そしてどこからきて、どこにゆくのか。その答えは」

「はい……」

「その答えは、俺が見出したその答えとは『ひととは、記憶である』ということだった。ひととは記憶の集積であり、そして、その記憶のゆえにこそ、かくあるのだ。そして、俺たちは、記憶のなかから生まれ出て、そして、記憶の彼方へ去ってゆき、ひとびとの記憶のなかから消滅したとき本当に消滅するのだ、ということだ。——だが、俺にはその記憶が禁じられている」

「は……」

「陛下——」

「なにものかが俺に記憶を思い出すことを禁じたのだとすれば、それは、まさしく俺に生きるな、というにひとしい。だがそれでも、俺は生きぬわけにはゆかぬ——そして、ひとたび、この地にあらわれておぼつかなく何年間か築き上げて、やっとそのなかにあらたなおのれを作り上げようとしていた、そのほんの少しの記憶さえも、またしてもなにものかが禁じて奪い去ったのだとすれば、俺は……」

グインは一瞬、激情がつきあげるのをこらえるようにたくましい胸を波打たせた。

「俺は、その禁じた圧制者と戦わぬわけにはゆかぬ。それこそが、クムのガンダルと戦ったのとはくらべものにならぬほどに困難で時間のかかる、俺の最大の戦いになるとしてもだ。俺は、おのれ自身を取り戻さずにはおかぬ。——それがないかぎり、俺は、たとえこの世の栄燿栄華を極めようと、すべての王国の王になろうと、決しておのれ自身を見出したとはいわれぬだろう。そのときには俺は永遠に不幸な人間だろう。俺はおのれを取り戻したい。頼む。手を貸してくれ。そのためのどんな労苦もいとわぬ。俺は、おのれ自身を見出したいのだ」

3

「グインは？」

客室の、入口のところで、訪れの知らせをきいてそっとドアをあけて出てきたヴァレリウスをみて、リンダは、心配そうにたずねた。スニとごくわずかな供を連れただけで、グインの様子を見に女王みずからが足を運んだところであった。

「けさはまだ、お顔をあわせていないけれど、ゆうべはよくお休みだったのかしら。もうあなたは会ったのでしょう、というか、治療をはじめたのでしょう。治療のほうはいかが。グインのようすはどう」

「ただいまは、一段落されて、ちょっとおやすみになっておられます」

ヴァレリウスは答えた。うしろから、またドアがあいて、ヨナが静かに出てきて、リンダのすがたをみるとそっと頭を下げた。

「ああ、ヨナ博士。グインの怪我はどう。それから、記憶のほうは」

「お怪我の手術は完璧に成功しまして、そちらはもうあとは日にちさえたてば何の問題もなく治癒して参られましょう」

ヨナは丁重に答えた。

「もともとたいへんに体力のおありになるかたでございますし、そちらは何の心配もいらぬかと存じます。——ただ、ご記憶の障害につきましては、まだまだこれからというところで、まだほんのとばくちに手をつけたとも申せませぬ。これはかなり、長引くのではないかと考えております」

「そう……」

リンダは小さなため息をもらした。

「それはそうね。——そんな大きな障害が、私の顔をみたり、私のつまらぬちょっとした小細工を見ただけでぱっと直ってくれるのではないかなんて、私、とても考えが甘かったわ。——では、グインはいまは寝ているのかしら？　顔をみることは出来そうもない？　おやすみの邪魔をすることになるかしら」

「いえ、横にはなっておられますし、今日はまる一日、そうしておられないと、手術後でございますから、おさわりになりましょうが、起きておられますし、意識もきわめてしっかりしておられます。女王陛下がお見舞いにおいでになったと、グイン陛下にお知らせして参りましょう」

ヴァレリウスがすばやく扉のすきまにすがたを消した。いくらもたたずに戻ってきて頭を下げる。

「グイン陛下は、御自身もちょうどリンダ陛下にお話をなさりたいと思っていたので、とても歓迎する、とおっしゃっておられました。――私どもは、ご遠慮したほうがよろしゅうございますね」

「そうね。まだずっと、大勢の前でしか、グインとお話していないわ。悪いけれど、いまだけは私とグインだけにしてくれる。私も供は次の間においてゆくから」

「かしこまりました。私どもはまた、いろいろ用事もございますので、自分どものほうに戻っております。何かございましたら、いつなりとお声をおかけ下されば」

ヴァレリウスとヨナが丁寧に頭をさげて、立ち去ってゆくのを見送り、リンダは、スニと腰元たちに次の間で待っているように言いつけておいて、やわらかにドアをノックしてから、奥まったグインの寝室に入っていった。

本当ならば、きわめて格式ばったパロの宮廷作法では、たとえ病中であろうとも、また他国の賓客であろうとも――いや、それであればあるほど、異性の客人を女性の側が前触れもなしに見舞う、などというのは、まったく許されぬことである。もともとのパロのしきたりでいえば、貴婦人というものは、自分の訪問にさきだって、二回も三回もさきぶれをたて、一日前には最終のさきぶれをたてて挨拶をさせ、そして仰々しい作法もろともしきたりどおりに訪問の儀をおこなう、というようなことしかしてはならぬものなのだ。その作法をすべて満たしてさえ、公式には、異性と二人きりでいる、などということは、ありうべからざることとされ、まして女王ともあろう身が、供のひともつれずに、異性の客人の寝室に見舞に入るなど、とんでもないぶしつけになってしまう。だが、リンダは、おのれが女王になって以来、そうしたパロの格式ばったしきたりをどんどん改善し、簡略化するようにつとめてきていた。また、クリスタル・パレスの宮廷貴族の生活もひとたび完全に瓦壊していたので、それらの面倒なしきたりをまったくくつがえしてしまうのはまさにいまをおいてはなかった。うるさがたの女官長だの、年寄りで口うるさい、先例にやたら通じた儀典長だの、作法係、儀礼のお目付役、などといった、役割でそれらのことを口出しする存在だけではなく、もともとパロには、年とった口やかましい貴族、貴婦人たちが山のようにおり、それらがたえずああでもない、こうでもないと文句をいったり、注意したりするので、若いものたちは気力もなえ、それらの指図に反抗するだけの気持も失ってしまうのである。その弊害を一掃してしまうには最良の機会と、リンダは、そうした貴婦人、貴族たちのかなりの部分がアモンの黒魔道のおかげで心身の健康を害したり、衝撃を受けたりしたのを口実に、式典係や儀典長や、といったものをみな廃止してしまった。

また、ちょうどパロが極端な財政難であったのもこの場合は幸いした。リンダは、仰々しい式典をおこなうだけの財力が、いまのパロにはないから、といって、朝の公式謁見から、夕食会にいたるまで、すべての宮廷儀礼をうんと簡略化してしまった。いったんレムスが王の時期に、極端なまでに復古調に重々しくさせられたが、今回は、また思い切って大胆不敵に省略され、すっきりと整理整頓されて、かつてのパロしか知らぬものであったら、同じ国とは思えぬほどにすべてのものごとが簡単になってしまっていたのである。それでもリンダの目からみたら、まだまだであった。改革しなくてはならぬこと——というよりも、すべてがいったん壊れてしまったのだから、再建しなくてはならぬこと、があまりにもたくさんあったからである。

だが、そういうわけで、リンダは、かなり自分の望んだとおりの、身動きしやすい環境を手にいれつつあった。望めばただちに当人が何のさきぶれもなしに宮廷のなかを歩き回って用件をはたしにゆくことも、ひとに会いにゆくこともできたし、ときにはリンダみずから、宮廷を支えている裏側の部分——厨房だの、うまやだのを、前触れもなしに見に行くこともあった。宮廷の使用人たちは、最初はそうした改革のあまりの過激さと急激さとに仰天をしたが、それはこれまでまったく雲の上にへだてられていた《聖女王》陛下を間近に見るめったになかった機会であり、それによってリンダの人気もまた、急上昇していたので、それはリンダにとっても決して悪い結果ではなかった。

「グイン」

そんなわけで、この朝も、リンダは、グインを見舞うのにさきぶれなど、あらかじめたてようとはしなかったのであった。ましてヴァレリウスもヨナもその大改革の推進の中心人物である。それに異を立てようはずもない。

「お加減はいかが？――今朝、お怪我の手術をなさったのだときいたけれど、傷はいたみはしなくて？」

「ああ」

グインは、薄暗くした寝室に、ひっそりと上掛けをかけて横たわっていたが、リンダの声をきいて首だけねじまげてリンダを迎えた。

「起きられぬので、このままで相済まぬ。けさ、左肩の縫合手術をしてもらったばかりなのだ。御心配いただいてありがたいが、痛みはせぬ。まだ、麻酔がよくきいている」

「そう……」

「予後はきわめて良好だろうと医師ガルシウスどのがいっていた。また、それとともに記憶障害についての治療もはじまったが、こちらはまだ、何も思わしい進展はないようだ」

「ええ、ヴァレリウスから聞きましたわ」

リンダはなんとなくとまどったようすで、グインの寝台から少しはなれたところに、椅子をひきよせ、そっと腰掛けた。けさはリンダは黒い簡素なレースのドレスを身につけ、髪の毛は低くまとめて黒いネットをかけていた。そんな簡単なすがたでも、リンダはやはり美しかった。

「ではまだけさは何も召し上がってないのね。お腹がすいて辛くはないの?」

「いや、俺は空腹には強いようだ。それにきのうの夜、あれだけのもてなしをうけたのだから、何日分かの栄養は足りていると思ってもいいだろう。山のなかや砂漠では、何日も、たいした食物もとれずに過ごしたこともある。ましていまは麻酔がきいているからだろう。あまり、食欲も感じない」

「そう、でも、いつでもちょっとでも何か召し上がれるようになったら、お好きなものを召し上がっていただけるように手配しておきますね。お怪我からの体力回復には、たくさんの栄養が必要だと思うわ」

「忝ない」

グインの返答をきくと、リンダはまたちょっと低い吐息をもらした。そして、そっと、レースのオーバースカートのはしを指さきでもてあそんだ。

「ごめんなさいね、グインさま。私いまだにどうしても馴れることが出来ませんの」

ちょっとことばをあらためて、リンダは幾分悲しそうに云った。

「あなたはさぞかし私のことを、一国の女王でありながら、乱暴な口をきく不作法な女だと思って呆れていらっしゃるでしょうね。でも、私、本当に、あなたのことを、十四歳から長年のあいだ、よく知っていましたし、とても親しい気持を持ってましたのよ。

だものだから、いまになって、ようすの何ひとつ変わっていらっしゃらないあなたをこうして見ていて、あなたのことを見知らぬ人間だ、とか、新しい知己だ、などと感じることはどうしても出来ないんですわ」

「俺のことは気にせんでくれれば助かる」

グインはいささか困惑したように答えた。

「俺のほうも、前にいったとおり、確かにあなたのことは、以前になんらかの強いゆかりがあった人のような親しみを感じているのは事実だ。だが逆に俺のほうでは、それで俺があまりに図々しいふるまいようをしては、パロの聖なる女王ともあろう身分のたかい高貴な女人に、失礼にあたるのではないか、とおそれてどうふるまったらいいかよくわからないでいる。俺はもともとこのとおり粗野で礼儀作法の心得もない男だ。さぞかしお気ざわりなこともあると思うが、しかし——」

「おお、お願い。もう、そんなふうに云わないで、グイン」

リンダは叫んだ。そして、激しい、胸にこみあげてくるものをこらえかねて、そっと寝台に近寄り、グインの、包帯につつまれていないほうの右手をとろうと手をさしのべた。

「私はあなたのおかげでいのちが助かって、こうしてパロの女王になった人間なのよ。——その恩義だけでも、あなたに何をでもかえさなくてはならないほどだわ。でもそれ以上に、私にとっては、あなたは私の最初の騎士——そう、私とレムスをはるかなノスフェラスからアルゴスへと、むらがる敵とさまざまな困難をのりこえて送ってくれたたのもしい騎士だったのよ……」

たまりかねたように、リンダの繊弱《せんじゃく》な手が、グインのたくましい大きな手の上に重なった。

その——リンダの手が、グインの手にふれた瞬間だった。

ふいに、グインは、うたれたように身をふるわせた。

グインだけではなかった。リンダのほうも、ふいにはっとしたように、全身をこわばらせて、ことばを切った。

まるで、何か思いも寄らぬ電流が、ふたりの手がふれあった瞬間に、そのふたつのからだを同時に貫いたかのようだった。

そのまま、二人は動きをとめ、自分に何が起こったのかもわからぬまま、硬直したようにそのままになっていた。どちらも、手をひっこめることも出来ずに、おのれのうちに思いもかけずにわきおこった奇妙な、かつて知らぬ感覚に凍り付いていた。

「これは……」

ようやく、かすかな声をしぼりだしたのはグインのほうだった。

「これは……なんだ……」

「ええ――」

リンダも、かすかにうめくような声をかろうじてもらした。

「あなたも……感じる……?」

「ああ――お前もか」

「感じるわ――これは……これは何なのかしら……」

「わからぬ。だが――大宇宙――その彼方――アウラ……アウラ。そうだ。アウラ……」

「そう――アウラ……」

たったいまこの場に入ってきたものがいたら、なんといったかわからぬ。

だが二人とも、ふたりながら、それはみだらな気持でもなければ、また、むろん、色恋にまつわるような感覚でもなかった。そのような簡単なものではなく、もっとはるかに深く、そしてつよい、かつて知らぬ《何か》が、かさねあった手のあいだからわきおこり、そして、二人をどちらも驚愕に金縛りにしていたのだ。

「アウラ……聞こえる……なにかしら、この――この……音は……」

「音――遠い、潮騒のようなこの……ざわめきか……」

「そうよ……そう――潮騒。でも海じゃない……これは……ああ、何かが――もうちょっとで見える……星々……星々のきらめき――そして……」

「もうちょっとで、すべてが――すべてがつかめそうな……だが――」

「グイン！」

リンダは、グインが激しく手をふりはなしたことに、びくっと全身をふるわせた。

「どうしたの？」

「恐しい」

グインの口から、思いがけぬことば――ケイロニアの豹頭王がそのようなことを口にしようとは、彼を知るものはいまだかつて誰ひとりとして想像もしたことがないであろうことばが洩れた。

「怖い。――俺は、これ以上――この先を感じるのが怖い。どこに……どこに連れてゆかれてしまうのかわからぬ。――恐しい。俺は……俺はおそれている」

神秘な、そのように感じるおのれ自身に仰天しているかのようなささやきだった。

「俺は――そうだ。知ることをおそれている……見えた。お前の手が俺にふれたとき、俺には――人間には見えぬはずの宇宙や――過去や――そして未来が見えるような気がした。何かがおこった――だが、それが、この上もなくおそろしかった。俺は……俺は見てはならぬもの、人智の踏み込んではならぬ領域に入ろうとしているのではないだろうか――そのような気がして、そして……」

「あなたが……」

リンダは声をふるわせた。

「あなたが、恐しい、というなんて——ケイロニアの豹頭王グインが……」

「たとえ何であろうが、恐しいものは恐しい。——なんだか、この先をのぞいてしまっては、ひととして、もはや戻ることが出来ぬところに入ってしまうのではないか、というようなおそれを覚えた。——臆病者とも、いくじなしとも、嗤うがよい。俺は——怖い」

「あなたをわらうことなんて出来ない……」

リンダは小さく溜息をついて、そっと身をおこした。からだじゅうが、凝ってしまったようなひどい疲れを覚えていた。

「私だって、本当はおそろしくてたまらないんですもの。——たまたま、私は予知者姫と呼ばれるほどに、奇妙な力にもめぐまれ、たまに神がおりてきて私を道具としてつかわれて予言をされるわ。——それを、魔道師たちはこの上もなく貴重なものとして記録したり研究したりしている。でも私は、それをなんだかとてもぶきみなものに感じて——そのようなことがあったあとにはひどく疲れるし、それに、自分では少しも覚えていないの。それが、なんだかとてもいやで、神様が、私ごときにこんな力を下さらなければよかったのに、とよく思っていたわ。——そのことを連想するわ。あなたもたびたび、神秘な超常的な現象にはあっているでしょうけれど……何回出会っても、しょせん、ひとの子は神ではないのだし、それに馴れることなど出来はしないと思うわ」

「ああ」

グインは深々と吐息を吐き出した。

だが、明らかに、グインのようすもかわっていた。リンダはそのことに気付いて目をしばだたいた。

グインの、リンダに対する様子のなかには、その前まであった気兼ねのようなものがあとかたもなく失われていた。いつのまにか、相手を呼ぶのに、《お前》と親しく呼んでいることにも、グインは気付いてさえいないようだった。リンダはだが、それに気付いて小さくそっとうなづいた。グインの頭脳は依然として、リンダとともに経験したさまざまな艱難辛苦や冒険の旅のことを覚えてはおらぬにせよ、グインの感覚は、明らかに、リンダの存在そのものを、それがグインにとってどのようなものであったかも思い出していたのだ。

（いまは、それでよしとしなければいけないわ……）

リンダはみずからにひそかに言い聞かせた。

（焦ってはいけない。これは――きっと直る病気なのだ。辛いのはグインなのだから――私こそ、そう信じてあげなくては。――私が焦ってせかしたり、せっついたりしたら、グインはもっと苦しむことになってしまうわ）

「また、もうちょっと心の落ち着いて準備の出来たときに、試してみたらいいと思うわ」

リンダは慎重に口をひらいた。

「でも、私が――あなたにふれたら、確実にそこに《何か》がおこったのだ、ということは……私ははっきりと心にきざんだわ。というより――私の印象では、私、という存在が触れたことが触媒になってあなたのなかに何かを引き起こし、そして私はあなたの感覚を通じてそれをのぞいた、というような感じだった。――なんだか、まったく見たことのないような、どの時代、どの国なのかさえもわからぬような国のすがたを、ちらっとかいま見た気がしたわ」

「ああ。俺もそのような感じだった。俺のほうは、なんとなく、お前の手がふれたことで、俺のなかの何かの開閉装置のようなもの、点火剤のようなものが呼び覚まされ、俺のなかに何かのフタがあいて、ずっと忘れ去っていた《何か》がかいま見えた――というう、そんな気がした。いずれにせよ、俺のなかにあった何かが、お前にふれられることによって呼び覚まされたのは確かだったようだ」

「不思議なことね……」

リンダは瞑想的につぶやいた。

「ほんとに、不思議ね。――他の誰の手にふれても、私はそんな感覚を感じたことは一回としてなかったわ。ナリスとのあいだでは、一度だけあったけれども。——私とあなたのあいだには、やっぱり何か、とても強烈なきずながあるんだわ。そうは、感じなくて、グイン？」

「感じる」

いらえは、短く、そして強かった。

「最初から、なんとなく、漠然と感じてはいたことだったが、さきほど、触れられた瞬間に、俺は、きわめてはっきりとそう思った。お前は、この俺にとって、明らかに——他の人間とはまったく異なる意味をもつ存在なのだ、ということを。——そして、また、お前、という触媒が、俺のなかに、もしかしたら何かをよみがえらせてくれるただひとつのものだ、ということを。——俺がパロ、そしてリンダ——ということばにひかれるようにして、ここまでやってきたのは、それはまったく正しいことだったのだ。俺は……」

グインは奇妙なおののきにみちて、身震いをした。

「俺は……記憶を取り戻せるかもしれぬ。だが……それが、いいことなのか、正しいことなのか——取り戻さぬほうがよい記憶もあるのではないか、というような懼れも——俺は同時に感じた。だが、まだ、まどうのはよそう。まだ、記憶が戻ってきたわけではないのだ」

「そう、そうね……」

リンダは胸を噛む神秘な思いに目をとじた。

「あなたの記憶が戻ってくるまで――私は、あなたのためになんでもするわ、グイン。そして、もしもその記憶が戻ってきて、それがあなたにとって不幸なことを思い出させるものだったとしても――私が、その記憶の苦しみをなんとかしてやわらげ、そして、支えになってあげたいと思うの。あなたは……私にふれられると、そのように感じてくれる――他の人間とはまったく異なる意味をもつ存在だ、と感じてくれるといったけれど……私は……私はもっとはっきりと感じるわ。あなたは私にとってとても重要なひと、大切なひと、そして――」

ふいに、リンダは、顔をあからめた。

「あの」

いきなり彼女はスカートのすそをとりまとめて、立ち上がった。

「あの私、もう行くわね。思いがけず時間をとってしまった――ほんのちょっと、顔をみて、元気かどうか、今朝のごようすを確かめるだけのつもりだったのよ。――でも、手術の具合がよかったようでとても安心したわ。きょうは一日寝ていたほうがいいとお医者様がいっていたようだから、夜も、食事はここに運ばせましょう。また時間があったら、お見舞いにくるわ。それまでゆっくり安静に寝ていらしてね。なんでも不足なものがあったら云って下さいな。何も気兼ねをしないで。あなたはパロの大恩人なのだから、グイン」

「ああ」

ごく短いぶっきらぼうないらえをきいて、リンダは、なんとなくうろたえたようすで室の外に出た。

「リンダさま」

スニがそこに待っていた。リンダは、ほかの女官たちの手前をはばかって、スニにもにっこりとうなづきかけただけで、スカートのきぬずれの音をたてながら、いそいでそこを出た。いずれにしても、リンダを待っている用はいつでもたくさんあったから、そのようにリンダがうろたえて急いでいることをも、いぶかしく思うものはいなかっただろう。

スニも、多少リンダのようすにいつもと違うものを感じたかもしれないが、何もいわずにちょこちょこと走ってリンダのうしろをついてきた。リンダは、激しくざわめいたおのれの胸のうちをしずめるように、深く息を吐き出しながら、長い回廊をわたっていった。だが、胸のざわめきはなかなかおさまらなかった。

「姫さま」

スニが音をあげた。

「姫さま、とてもとてもあるくの、はやいよ！　みんなたいへん、姫さま、足早いよ……」

「ああ、ごめんなさいね、スニ。私——ちょっと急いでいたものだから」

リンダはあわててあやまった。そして、女王宮の、おのれの私室に入ると、スニに、冷たいカラム水を持ってきてくれるように頼んだ。息がはずみ、そして、なんだか足が地を踏んでいるのかどうかもわからぬような、奇妙な感じがしていた。侍女たちをも遠ざけて、いったんぐったりと愛用のディヴァンに身を投げ出しながら、リンダは、奇妙なうたれたような気持がまだ続いているのを感じていた。

4

スニもいなくなって、ようやくひとりになったとたん、リンダは、おのれのなかにわきあがってきた思いが激しく心を乱すのにたえかねたように、そっと自分自身のからだを、おのれの腕で抱きしめてまたしても深い吐息をしぼりだした。

(私ったら……)

(私といったら、いったい何を——何を云おうとしたのかしら。なんてことを……)

(あなたは私にとってとても重要なひと、大切なひと、そして……)

(ただひとりのひと……と……私は——あそこで、あわてて口をつぐまなかったら……口走ってしまうところだった……そのことに私自身驚いて——口をつぐんだけれど……)

(なんてことかしら。——グインよ、グインなのよ。——ずっと幼いころから、父や兄のように思ってきた。そんなふうに——そんなふうに思ったことなど、一度もなかった。それは……本当に心から、頼もしい、頼れる——誰よりも安心できるひとと思ってはいたけれども……）

（なんてことだろう。——ナリスが亡くなってから、まだ一年もたってはいないのよ……いや、でも、そんなことじゃない。そんなのは考えすぎもいいところだわ。そんな意味じゃない。そんな意味で私は——そう云いそうになってしまったんじゃない。……あの奇妙な瞬間の感覚で、グインの気持が——グインの孤独や、グインの苦しみや、グインの非凡さが、まるまる自分のなかに流れこんできてしまったような、そんな……）

（そうよ——あの偉大な魂の苦しみや悩み、そして輝かしさ、孤独——そういうものが、なんだかまるで——目のまえにまざまざとくりひろげられたような、そんな——いえ、それよりも——まるで私のなかに流れこんできたみたいで——）

（ああ、こんなひとはほかには決していないだろうって——そう、この世界がどれほど広くても、このようなひとは決して、二人とはいないんだ——そして、そのひとが……私の——私の騎士として……ひとたび、幼い私に剣を捧げてくれたんだと……ああ、もう、やめるのよ、リンダ。あなたはいったい何を考えているの——それじゃあ、私は……もう、まともにグインの顔をみることが出来なくなってしまうじゃないの——落ち着くのよ、リンダ——手をふれあったとき、グインの心が——その奥にあったあの禁じられた、封じられた記憶らしいものが流れ込んできてしまったから、それで私は動転しているんだわ。それだけのことよ……それだけ……）

「あ、スニ」

「姫さま、カラム水もってきたよ」

スニがちょこちょこと、小さな銀の盆に、銀の片手盃を捧げて入ってくる。それを受け取って、リンダはひと口、ふた口飲んだ。よく冷やされたほの甘いカラム水がのどに流れこんでくると、ようやく、身も心も、何回もゆるがされた衝撃から立ち直ってくるような気がする。

「ナリス……」

リンダは思わずつぶやいた。スニがききとがめた。

「どしたの、姫様？」

「どうもしないわ。それに、姫様、と呼んではだめよ、といったでしょう、スニ」

「あ、ごめんさい、リンダさま、陛下さまでした。スニいけないでした。ごめんさい」

「いいのよ。でも皆の前では気を付けてね――」

「リンダさま、なんだかかなしそう、なんでか？」

スニが気がかりそうにのぞきこむ。リンダは困惑してまたカラム水を啜った。

「なんでもないのよ、スニ。ただね――ただ、おお、そうよ。私、カラム水を飲むとなんだかとても――とてもナリスのことが思い出されてならないのよ。あのひとは、本当に、カラム水が好きだったわね」

「あー、ナリスさま」

スニは何回もちょこちょこと小さな頭をふってうなづいた。

「ナリスさま。本当。カラム水とてもとても好き。リンダさまこのごろあんまりカラム水のまない、なんでか、おもてたよ。ナリスさまおもいだすからか？」

「そうね——きっと、そうよ。ときには……思い出したくてたまらなくなることもあるけれど——思ってもいないときにふいに思い出すと、とてもとても悲しくて……」

（そう——もう、ナリスはどこにもいないのね……）

（なるべく、考えないようにしているし——ひるまは、あまりに忙しいのにまぎれているけれど、夜になったり——ひとりで物思いに沈んでしまったりすると……）

（いうにいわれぬほど悲しくなる。私はひとりぼっちなのね、と、そう思えて——いくたび、枕を涙で濡らしてしまったかわからない）

（もともと、私は——こんな、男まさりの仕事をして——パロの女王などと呼ばれたいなどと、夢にも思ったこともなかった。——ごく小さいころからずっと、私は、みなもそう云うし、自分でも、いまにアルド・ナリス兄さまのお嫁さんになって、それでクリスタル公妃となって一生を幸せに守られて暮らすのだとしか思っていなかった。——イシュトヴァーンといろいろあったりしたけれど、結局それも——それも夢まぼろしのようにおわって、やっぱりナリスと結婚してクリスタル大公妃となって——とても幸せで……)

(でもその日々があまりに短く終わってしまって、あんな——あんな悲しいことになって、ナリスが寝たきりになってしまって——でも、そのときにも、私は、いまこそ、一生私がナリスの面倒をみて、ナリスの手足となって、ナリスのためにだけ生きるのだと——決して不幸ではなかった。ナリスがいてくれれば、生きていてさえくれれば、私は決して不幸ではなかった。——ナリスがもう二度ともとのからだにならないのだとわかったときにも、ナリスのためにこそ悲しんだけれど、自分のなかでは、自分がこのあと一生ナリスに尽くしてゆくのだと、むしろ昂揚した気持でいたほどだったわ。——でも、それから、あまりにも早く——あまりにも短く……あんなふうに——)

(もう、イシュトヴァーンのことをうらんではいないけれど——うらんでもしかたないけれど、でもやはり悲しく辛く——でも、そのあと、さらにおおいなる変転、変動が私を巻き込んでいって、私は……ゆっくり悲しんでいるひまさえもなくなってしまった。最愛の夫の死を、しみじみと感じて苦しんでさえいるいとまもなく、私はパロの女王となって、この祖国のために身を粉にして働いてゆかなくてはならなかった。……パロはとても大変な時期にいて、ひるまはそれに——そう、ひるまは、ものを考えるひまもないくらい——夜も、遅くまで執務をとり、そのあとはもう、疲れはてて、夢さえ見ないくらい疲れて倒れるようにして眠るだけだった。このまま、私の生はずっとこうやってパロに尽くして終わってしまうのかしら――まだ若い女である私の一生はどうなってゆくのかしら、と思わないこともなかったけれど……）

（でも、アドリアンに求愛されても――クムの大公から求婚されたりしても、そんなことは私にはまったく――かかわりのないことにしか思われなかったし、これからだって、決して――愛して下さったお礼はいうけれども、私がアドリアンの求愛に答えることも、クム大公のもとにとつぐこともありえない。そんなことは不可能だわ――でもまた、こうして戻ってきたからには、ディーンとの再婚、ということも……ヴァレリウスたちは持ち出すだろう。……ディーンさま……）

（悪いかたではないと思うし、いてくれれば、とても心強いとは思うし――明るいかただし、それにやっぱりナリスの弟なのだから……どことなく、ナリスを思い出させるところはないわけではないけれど、でも――やっぱり、ナリスとはあまりにも違いすぎるわ。そんな、パロを存続させるためだけの、世継を生む機械にさせられるのなんて、私はいや。いくら私が聖王家のつとめに忠実なパロの女王だからって――パロの繁栄のためと、聖王家の青い血を継承させてゆくためだけに、好きでもない男と結婚して子供を産むなんて、そんなことは出来ない。決して――したくない。ナリスとの結婚生活――私あまりに短かったけれど、あまりに私にはかけがえのないものだったのだから。――私は一生他のひとになど、目もくれまいとあのときナリスの枕辺で誓ったのだから……）

（だのに――でも……やっぱり……生きてゆくということはこんなにも心よわく、こころがうつろってしまうことなのだろうか……）

（いいえ、そうじゃない……そんなんじゃない。ましてや――そうよ、私はグインを十四歳のときから知っている。グインはそんな――そんな対象じゃない。第一グインには、シルヴィア王妃という奥様もいるのだし――ケイロニア王だわ――まったくそんな――そんなことは考える余地などないことだし、それに……）

「リンダ――さま……？」

すっかり黙り込んで、おのれの考えに沈み込んでしまったリンダを、心配そうにスニが覗き込んでいることにさえ、リンダは気付かなかった。

「リンダさま……？　大丈夫？」

「あ――ああ、スニ……」

思わず、はっとしながら、リンダは目を見開いた。いきなり、現実が流れこんでくる。

「リンダさま――具合わるい、か？」

「ああ――ああ、そうではないのよ、スニ……」

（さっきのあの超常現象のせいだわ。あれで心がたかぶって――ゆさぶられているんだわ）

リンダは深く息を吸いこみ、そして、さめてしまったカラム水の残りをぐいと飲み干した。

そのとき、かるいノックの音がして、侍女がそっと入ってきた。

「リンダ陛下、失礼いたします。——ただいま、昨日お客人として、宮殿に到着されましたフロリーさまが、陛下とのご面会が可能ならば、ぜひともふたりきりでお話をさせていただきたい、とおっしゃって、こちらにおみえになっておられるのでございますが——」

「フロリーさんが？」

ようやく、あまりに深い物思いから引き戻されて、むしろ救われたように、リンダは侍女を見た。

「はい、さきぶれもお約束もなく、まことにぶしつけで申し訳ない仕儀ではございますが、火急にお話申し上げたい内密なご相談がおありになるとのことで……」

「内密な相談？」

ちょっと眉をひそめて、リンダはうなづいた。

「いいわ。お通しして。ああ、でも、私の次の予定は何だったのかしら、スニ？」

「本日はグイン陛下のお見舞いのために午前中の予定をすべてあけるようにとの陛下の御命令でございましたので、最初の御予定はアル・ディーン殿下及び御陪食のかたがたとの午餐会でございます」

スニではなく、侍女が急いで机の上の予定表を見て答えた。

「あと半ザンほどで、お着替えと午餐へお出ましとなっております。そのあとの御予定は」

「そっちは、いまはききたくないわ」

しかめっつらをしてリンダは云った。

「わかったわ。じゃあいますぐフロリーさんをここにお呼びして。あんな物静かなかたが御自分からおいでになるくらいなんだから、きっと本当に火急のご用件なのに違いないわ。——すぐにこちらにお連れして」

「かしこまりました」

侍女が出てゆく。リンダは、スニにむかってうなづきかけた。

「スニもお茶をお運びしたら次の間にさがっていてちょうだいね」

「アイー」

スニがお茶の用意をしにちょこちょこ出てゆく。いれかわって、侍女に案内されてきたフロリーは、きのうと同じ青いドレスをまとって、気の毒なくらいおずおずとかたくなっていた。

「あの——あの、お忙しい女王陛下に……このような……つまらぬことでお時間を頂戴してしまって、申し訳——申し訳ございません……」

「まあ、いいのよ、フロリーさん」

リンダは、フロリーがひどく自分のことをおそれたり、怯えてさえいるようだ、ということにいささか驚きながら云った。最初は、パロの女王、という地位や名前に怯えていたのかと思い、もともとアムネリス大公の気に入りの侍女であったというのに、ずいぶんと物慣れぬ態度のひとだ、と思っていただけだったが、もう晩餐会などもともにしてみて、この小さなむすめが、なんだかいつもひどくものごとに怯えたり、おどおどしたり気兼ねしたりしているように思われて、いくぶん不思議に思っていた。

「あなたは大切な客人なのですもの。お客様のご都合をうかがうことは、ちっともつまらぬことではありませんわ。さあ、おかけになって。お茶でよろしいでしょう？」

「いえ、とんでもない、あの、私のような──私のような身分卑しいものが、パロの聖女王陛下とさしむかいで、お茶をいただくなど、そのようなだいそれた……」

「もう、パロには、そんな格式ばったやりかたは残さないことにしましたのよ。そんなことをしても、何の役にもたたないことがわかりましたもの。あの内乱で」

リンダは気さくにいった。そして、スニがお茶を運んできて、出てゆくまで待った。

フロリーはおどおどしながら、椅子のはじっこに小さくかたくなって腰掛けていた。

そのようすを、リンダは、ゆっくりと観察するひまがあった。

（小さなひとだわ）

リンダは、ひそかに上から下まで、フロリーを落ち着いて、午前中の、あかるい日差しがさしこむ室のなかで眺めながら、そう思っていた。

(私も決して女性として大柄なほうとはいえたもんじゃないけれど、でもなんだか——このひとは、いちだんと小さい感じがするわ。——それに、なんというのかしら、なんだかいつもとても不安そうで、心配そうで、おどおどしていて——かわいらしいとは思うけれど、私が——そうねえ、私が男だったら、ちょっと、こんなにみるからにたよりなげで、いつもおどおどしているひとでは、心もとなくて恋人にしたいとは思えないわね……でも、イシュトヴァーンは——そうねえ、あのひとはそういうところがよかったのかしら。……あのひとはしょっちゅう、私のことを、おてんばだの、きかないだの、はねっかえりだの、といって怒っていたもの。——本当はこういう、右をむけといったらずっと右をむいたまま、顔を動かすことなど思いもよらなさそうなかよわげな女の子が好きだったのかしら)

「……………」

女性特有の、悪気はないがかなり徹底的な品定めの目で、上から下までリンダがフロリーを検証しているあいだ、フロリーのほうは、小さくなったまま、ひたすらうつむいていた。検証をしかえすことなど、当然、思いもよらぬようだった。

(胸はあんまりないわね——そう、胸は確実に私のほうがあるわ。でも細くてとてもきゃしゃだこと。地味だけれど、なんだか男のひとにはとても人気がありそうだわ。いい奥さんになりそうだ、といって男のひとがとても好意をもつようなひとに違いないわ。現にとてもいいお母さんなようだし。——それにしてもあの子があまりにイシュトヴァーンに似ているのにはびっくりさせられたものだけれども。——そうね、でも……)

「フロリーさん」

だが、口をきったのは、リンダのほうだった。

このまま対峙していたら、おそらく、フロリーのほうから、用件を切り出すことは、決してなさそうだ、ということに、さすがに気付いたのだ。ぶしつけだ、と思っているからか、それとも内気だからかはわからないが、フロリーは、自分のほうから口をきってはいけない、と信じ込んででもいるかのようだった。

「こうしておたずねくださったのはとても嬉しいんですけれど、何か、御用がおありだったのでしょう？　何か、クリスタル・パレスのおもてなしに、ゆきとどかぬことがありましたかしら。それとも、私、子供を持ったことがありませんので、お子さまのお入り用なもので何か揃えそこなったものとかがあったのかしら？　どんなことでも、ご遠慮なくおっしゃって下さいね。私もパロも、グイン陛下には本当に大きな恩義を負っておりますので、陛下のお連れになったかたはどなたであれ、パロにとっては国賓ですのよ。どんなことでもいたしますから、どんなささいなお望みでもためらわずおっしゃって下さいな」

「まあ……おそれおおい」

びくっと身をふるわせて、フロリーは答えた。そして、おずおずと両手をもみしぼった。

「何か、不足のものがおありになったのではないの？　それとも誰かが失礼をでも？」

いくぶん、微妙に苛々してきながら、リンダはかさねてきいた。フロリーはまた身を小さくふるわせた。

「とんでもないことでございます。皆様それはそれは――本当によくしていただいております。わたくし如きにまで、こんなにしていただいて、よろしいのだろうかと思うくらいに……よくしていただいております」

「そう、それはよかった。では、どのようなことだったのかしら？」

「あ、あの……」

「ねえ、フロリーさん、私、あなたよりずっと年下なのよ」

リンダはあまり語気が荒くなってこのあまりにおとなしすぎる娘をおどかさぬよう、必死におのれをこらえながら云った。

「だから、どうかそんなに怖がらないで率直におっしゃって下さいな。おっしゃらなくては何もわからないし、それに私、申し訳ないけれど、そう無尽蔵に時間があるというわけではありませんの。何かお手助け出来ることがあれば——それとも、直すことがあったらすぐにいたしますから、どうか、ここまでいらした御用をおっしゃっていただくわけにはゆかないかしら？」

「す、すみません。申し訳ありません」

フロリーはいっそう飛び上がって謝った。それから、なおもおずおずしながらやっと口をひらいた。だが、そのことばは、リンダが想像もしていなかったようなものだった。

「あの、わたくし——わたくし——ここに、この宮廷に参ってしまって、よろしかったのでしょうか。——もしも、あの、もしも、お邪魔で——お目触りでございましたら、どうか、いますぐ……そうおっしゃっていただければ、いますぐ息子を連れて……おいとまいたします。その、そのことを申し上げたくてこうしてお忙しい女王さまのお時間を頂戴してしまいました。あの……わたくし……」

「え？」

リンダは、何をいわれたのかよくわからず、きょとんとしてフロリーを見つめた。

「なんですって？　いま何とおっしゃったの？」

「あの——あの、わたくし……女王陛下が、とても——わたくしにあの——怒っていらっしゃるのではないかと——なんてあつかましいやつだと——こんなところへ、のこのこと乗り込んできて——顔をみるのもいやだと思っておいでなんではないかと思うにつけて、もういたたまれない思いで――もし、女王さまがそのように思っておいででしたら、わたくし、いますぐ、このまま――息子だけ連れて、すぐにこの――クリスタルから、パロからおいとまさせていただきまして――二度とは決して、陛下のお目汚しになるようなことはいたしませんので、あの……」

「あなた、何をいってるの？」

呆れて、リンダは云った。

「誰かに何かいわれたの？　いったいなんでまた、そんなことを思い込んでしまったの？　私がなんであなたに怒らなくちゃいけないの？」

「それは――それはあの、陛下が――あの、イシュト――イシュトヴァーンさまのあの……」

フロリーの声は小さくかぼそくかき消えてしまった。フロリーはいまにも泣き出してしまいそうだった。ずっとほとんど寝られずに思い詰めていたのだ。それで、朝になったときにはもう、神経がぎりぎりまで張りつめてしまっていて、マリウスが、約束どおりリンダに「フロリーと話をしてみてくれ」というのを、待っていることが、とうてい、彼女には出来なかったのだった。いうなれば、気の小さいあまりに、かえって気の小さくないものよりもずっと性急な、大胆にさえ思われる行動をとってしまっていたのだが、そのことに当人はあまり気が付いてはいなかった。

「私が、イシュトヴァーンと昔、恋仲だったから？」

やっと、多少、フロリーの行動の謎がとけてきて、いくぶんあきれながら、リンダは云った。

「それで、あなた——もしかして、イシュトヴァーンの息子を連れてここにきたので、私が怒ってしまった、ってお考えになったの？」

「は、はい——はい……」

「まあ、とんでもないわ。そんなことで怒っていたら——」

リンダは笑おうか、呆れようか、一瞬考えたが、それから笑い出した。

「第一、私、イシュトヴァーンとは、そんな、子供までなすような、そんな深い間柄じゃあまったくありはしなかったのよ。キスはしたわ——それはね。恋していたんだから、当然でしょう？　でも、それも、私がたった十四歳、イシュトヴァーンが、たしかまだ二十歳になるならずのときのことなのよ？　どちらも、ほんとに子供だったわ。私には初恋で——あのひとはこれまで一回も見たことのないような種類の男だったし、とても最初は反発して、それからさいごには、好きになってしまったわ。あまりに見たことのない種類だったから、そうなるしかなかったんだわ。でも、それで、三年待っていてくれたら、王になって迎えにくる、っていう約束をしてくれてね、あのひと——でも私、待てなかったの。すぐに、アルド・ナリスとの婚約の話がもちあがってしまったし——

それにあのひとも、三年たっても結局迎えにはきてくれなかった。それだけのことよ。過去の、ちょっとした思い出話。——そんなの、どんな女性にだってある、昔の記念品みたいなものでしょう?」

「……」

フロリーにはとうていそうは思えなかったに違いない。彼女は両手をもみしぼったまま、身も世もない、というような顔でうつむいていた。

「まあ……」

いくぶん困惑し、呆れて、リンダはそのフロリーのようすを見ていた。女性がことのほか大事にされているパロには、そこまで内気な女性というものは、ほとんどいたためしがないのだ。それから、リンダはちょっと溜息をついて座り直した。

「わかったわ、フロリーさん」

リンダはなだめるように云った。

「それでは、お話をしましょう。あなたがそんなにお気になさっているのだったら、女どうし、率直に胸襟をひらいてお話したほうがいいと思うわ。女にもそういう言い方があてはまるのかどうか知らないけれど。そのう——だって、どちらも、同じ男性と恋をしていたというゆかりだってある身なんですものね。そうでしょう。私たちは、ひとたびは、同じ男性と恋をしていたどうしなのよ。ねえ、フロリーさん」

あとがき

というわけで、一ヶ月お待たせいたしました。「グイン・サーガ」第百十八巻、「クリスタルの再会」をお届けいたします。

このところ百十六、七、八と怒濤の「月刊グイン」でお送りしております、「グイン・サーガ」でありますが、ここでまた少々お休みをいただいて、百十九巻は通常どおり（それが通常どおりってのも考えてみると凄い話でありますが）二ヶ月後にお送りいたします。どうもその、月刊に慣れてしまいますと、「それが当然」という感じになって、二ヶ月あいだがあく、というのがなかなか「辛い！」という、まあ嬉しいといえばこの上もなく嬉しいおことばをいただいてしまうのでございますが、しかし、これはねえ、やっぱりなんといっても丹野君が死にますし……って丹野君だけのせいにしちゃいけませんが、とにかく、月刊で四百枚の長篇が毎月出てくるってのは尋常なことじゃなく、ペリー・ローダンだって、あれはまあとにかく二十人がかりだとはいえ、実際にはどのくらいのペースで出てたんですかね。いまはどうなってるのかよくわかりませんが、しかしあれはひとところドイツでは月刊だったんでしょうが、実際には、月刊のときには枚数はかなり少なかったと聞いております。確か二百枚くらいで一冊で、それがこちらでは二冊分で一冊にまとまってたのではなかったでしたっけ。そう思うと、やっぱり、ただひとりの人間が毎月定期的に四百枚の長篇書いてしまうというのは、うーん、「人間のしてはいけないこと」の領域にやや入ってしまうような気もしますし……ほかの仕事全部放り出してかかっていれば、おそらく出来なくはないと思うんですよね。前もって半年くらいの猶予期間をもらいまして、それでも六冊先行するのは無理でしょうから、それで四冊くらい先行しておいて、ひたすら先へ先へと私が書き継いでいれば、たぶん、それであとからあとから月刊してゆく、ってのは不可能ではないと思うんですけれども、そのかわり伊集院さんも大正浪漫も、たまには書いてみたいホラーだの単発ものだの、時代小説だの……ほかのすべてを諦めるっていうのもなかなかねえ、辛いことでもありますし、といって月刊化されたがさいご、ほら外伝も書くに書けないだろうし……こないだ、「鏡の国の戦士」書いてけっこう楽しかったので、「またああいう、ヒロイック・ヒロイックしたオドロオドロのグイン世界も書いてみたいなあ」なんて思ったりもしておりましたので、そういうことも考えると、やっぱり、限度は年間六〜七冊、というところなんでしょうか。今年は月刊グインが二回あったから（うち一回は外伝がらみではありましたが）ということは八冊ですか。かなり出ましたよねえ。我ながらちょっと呆れたり感心したりです。自分のことと思うと少々無責任な言い方ながら、よくまあ続くもんですよねえ。飽きもせず、ネタにつまりもせず。

ことにグインは一九七九年からはじまってるので、再来年二〇〇九年でめでたくついに「満三十歳」になるってことで、三十周年記念になるわけでして、それを思うとまあよく三十年間、百二十冊以上、外伝いれたら百四十冊も延々と書いてきたものだよなあ、とちょっと呆れてしまいます。舞台が二つ派生し、イメージアルバムも十七枚を数え、まあ通算二千八百万部と帯にうたっていただいておりますが、のべ二千八百万人の人に読んでいただいたって、大変なことですねえ。マンガならともかく、これだけ行間の詰まった、けっこう面倒くさい本が。

この十二月には、いまコミック・ピアニシモでやっていただいてる沢田一さんの「グイン・サーガ」本篇のコミカライズが、台湾でも発売になるそうで、「豹頭王傳奇」っていうタイトルになるみたいで、おお、カッコいいではないかとか思っていたんですけれども、フランス語版が無事に版をかさねて、五巻にこぎつけたり、英語版はペイパーバックの廉価版で一巻から出し直しに決定したり、そちらもけっこうあちこちで動きがあるようです。こないだそのマンガ版台湾語版のポスターと表紙とかを見せてもらいまして、その直後に旦那がイタリア語版のあれは三巻だったのかな、それにフランス語版の五巻とか持って帰ってきまして、まあ一口にいうのは簡単なんだけど、よく考えるとこれって、けっこう大変なことだぞ、としみじみあらためて思っておりました。

まあねえ、作家と生まれて、というか、ものを書きたい人間と生まれてプロ作家になって、そうしてかりそめにも、ひとつの点についてだけでも「世界一」ということばをいただいて、でもって何ヵ国語にも訳していただいて、マンガにもしていただいて、いろいろハンドブックだの読本だのも出していただいて、三十年間ベストセラーランキングに顔を出させてもらって、ほんとに作家冥利につきるというか、これもすべて皆様のご贔屓ご愛顧のおかげでございますが、それにしても、飽きないもんですねえ。というより、「先へ、先へ」と進みたがる「物語の力」というのが、いっこうに衰えないもんですねえ。

最近困っているのは、その「物語の力」がだんだん大きくなってきてしまって、進むのはいいんだけど、「ええっ、そんなんなったら皆さんになんていわれるか」みたいな……まあ、また誰かさんが死んじゃうのか、ええーってもその人死んだらこんどこそほんとに非難囂々になっちゃうんじゃないの？　ビクビク、とか、ええーっそんな展開になるんですか、マジっすか、とかたびたび、降りておいでになる「物語の神様」に向かって「うっそォ！」と叫びたいようなことが多々ありまして、自分でもひええ、ひええ、とか言いながらもあらがうことも出来ずに、まるで「ドナドナ」の牛みたいにして、神様に引きずられてそのまま先へ先へと進んでいってるようなありさまだったりするんですが、なんというか、ここまで来てしまうともう、物語ワールドのなかの力のほうが圧倒的に強いので、私個人の気持とか、エコヒイキ（爆）とかではどうにもならない部分にきてしまってるみたいですねえ。かなり神がかりな言いぐさに聞こえたら申し訳ないですが、もうほんっとに、物語の神様にお任せする以外ない、という気分でやっております。

その分、ここまでつきあうと、もうどの人もみんな実在するとしか思えなくなってきていて、うちの日常会話でも、まるでお隣の誰それさんとか、おむかいの誰それさんみたいに「大体マリウスって奴は……」とか「ヴァレリウスってのはそもそも育ちがこうだったから……」とかって話がごくごく普通に出ておりますが、考えてみればそれも不思議なことどもです。自分のなかでは、東京サーガ・シリーズ、という、さらに「現実」とひと皮だけへだてて密着してるみたいなシリーズがあるものですから、そちらのほうがさらに切実で、なんとなく、これってやっぱり一種の「酔生夢死」なんだろうか？　私は一生、現実とフィクションとのはざまを漂うようにして、あっちの世界にいったり、こっちの世界にいったりして、所詮こちらの世界の人間として生きていると言い切れないままに終わってゆくんだろうか？　と思ったりするときもあります。それもまたよし、とも最近は完全に開き直って思っておりますが。

それにつれてどうしてもやっぱり現実世界からは遊離していってしまいますし、そもそもその現実世界がさらにもうひとつ「ネット世界」という「二階」が出来てしまったので、そちらの「ほんとの現実世界」そのものだったはずの場所も相当にあやしくなってきていて、ますます私など混乱してしまうのですが、でもまあ、これもまた邯鄲の夢なのでありましょうか。ほんのときたま、私、本当に、この世のすべてはマアナ・ユウド・スウシャイの眠りのあいまにきこえるペガーナの神々の太鼓（これを叩いているあいだだけ、マアナ・ユウド・スウシャイは眠り続けていて、そのあいだだけ世の中が保たれている、というようなお話だったですよね。「ペガーナの神々」）なのかなあ、と思うことがあったりいたしますが……だったらもうちょっと自分に都合のいい現実であって欲しかった、などと思ったりしますが、この上そんなことを望んだら、それはもう本当にあっという間に楽園追放のうきめにあってしまいそうです。

ともあれ、とりあえずタイス篇を抜けてから、まあパロにちょっとのあいだ落ち着いておりますが、これはいわば「間奏曲」といったおもむきですので、このへんはまたすぐに抜けてまたしてもグインたちキャラにせよ、長い長い旅がはじまるのですね。まことに、つきることのない旅路であります。いつまで続くかわからぬこの旅路、ご一緒にいつまでたどることになるのでしょうか。

それではまた、今度お目にかかるときにはもう二〇〇八年ですか？　いや、もう一回、二〇〇七年の年末にお目にかかることになるのかな。なにせ月刊だものでこれ書いてるの、まだ十一月なので何がなんだか、よくわからなくなってきました。いや、百十七巻が十一月、これが十二月ですから、そう、間違いなく「よいお年を」ですね。百十九巻が出るときにはもう二月になってるわけです。ちょっと気が早いですが、それでは「よいお年を」と申し上げておきましょう。私は史上最大の不調（それもどかんとでなくじわじわくるストレス性胃炎とアトピー（/_;）に襲われておりますが、なんとか年明けまでにはちょっとは上向きになっていて欲しいものです。

二〇〇七年十一月六日（火）

神楽坂倶楽部URL
http://homepage2.nifty.com/kaguraclub/

天狼星通信オンラインURL
http://homepage3.nifty.com/tenro

「天狼叢書」「浪漫之友」などの同人誌通販のお知らせを含む天狼プロダクションの最新情報は「天狼星通信オンライン」でご案内しています。

情報を郵送でご希望のかたは、返送先を記入し80円切手を貼った返信用封筒を同封してお問い合せください。

（受付締切などはございません）

〒108-0014　東京都港区芝4-4-10　ハタノビルB1F
㈱天狼プロダクション「情報案内」係

次世代型作家のリアル・フィクション

マルドゥック・スクランブル
The First Compression——圧縮
冲方 丁
自らの存在証明を賭けて、少女バロットとネズミ型万能兵器ウフコックの闘いが始まる。

マルドゥック・スクランブル
The Second Combustion——燃焼
冲方 丁
ボイルドの圧倒的暴力に敗北し、ウフコックと乖離したバロットは〝楽園〟に向かう……

マルドゥック・スクランブル
The Third Exhaust——排気
冲方 丁
バロットはカードに、ウフコックは銃に全てを賭けた。喪失と安息、そして超克の完結篇

第六大陸1
小川一水
二〇二五年、御鳥羽総建が受注したのは、工期十年、予算千五百億での月基地建設だった

第六大陸2
小川一水
国際条約の障壁、衛星軌道上の大事故により危機に瀕した計画の命運は……。二部作完結

次世代型作家のリアル・フィクション

マルドゥック・ヴェロシティ1
冲方 丁
過去の罪に悩むボイルドとネズミ型兵器ウフコック。その魂の訣別までを描く続篇開幕！

マルドゥック・ヴェロシティ2
冲方 丁
都市政財界、法曹界までを巻きこむ巨大な陰謀のなか、ボイルドを待ち受ける凄絶な運命

マルドゥック・ヴェロシティ3
冲方 丁
都市の陰で暗躍するオクトーバー一族との戦いに、ボイルドは虚無へと失墜していく……

逆境戦隊バツ［×］1
坂本康宏
オタクの落ちこぼれ研究員・騎馬武秀が正義を守る！　劣等感だらけの熱血ヒーローSF

逆境戦隊バツ［×］2
坂本康宏
オタク青年、タカビーOL、巨デブ男の逆境戦隊が輝く明日を掴むため最後の戦いに挑む

次世代型作家のリアル・フィクション

スラムオンライン
桜坂　洋
最強の格闘家になるか？　現実世界の彼女を選ぶか？　ポリゴンとテクスチャの青春小説

ブルースカイ
桜庭一樹
あたしは死んだ。この眩しい青空の下で——少女という概念をめぐる三つの箱庭の物語。

サマー／タイム／トラベラー1
新城カズマ
あの夏、彼女は未来を待っていた——時間改変も並行宇宙もない、ありきたりの青春小説

サマー／タイム／トラベラー2
新城カズマ
夏の終わり、未来は彼女を見つけた——宇宙戦争も銀河帝国もない、完璧な空想科学小説

零式
海猫沢めろん
特攻少女と堕天子の出会いが世界を揺るがせる。期待の新鋭が描く疾走と飛翔の青春小説

星界の紋章／森岡浩之

星界の紋章Ⅰ—帝国の王女—

銀河を支配する種族アーヴの侵略がジントの運命を変えた。新世代スペースオペラ開幕！

星界の紋章Ⅱ—ささやかな戦い—

ジントはアーヴ帝国の王女ラフィールと出会う。それは少年と王女の冒険の始まりだった

星界の紋章Ⅲ—異郷への帰還—

不時着した惑星から王女を連れて脱出を図るジント。痛快スペースオペラ、堂々の完結！

星界の紋章ハンドブック

『星界の紋章』アニメ化記念。第一話脚本など、アニメ情報満載のファン必携アイテム。

星界の紋章フィルムブック（全3巻）

アニメ『星界の紋章』、迫真のストーリーをオールカラーで完全収録。各巻に短篇収録。

星界の戦旗／森岡浩之

星界の戦旗Ⅰ—絆のかたち—

アーヴ帝国と〈人類統合体〉の激突は、宇宙規模の戦闘へ！『星界の紋章』の続篇開幕。

星界の戦旗Ⅱ—守るべきもの—

人類統合体を制圧せよ！ラフィールはジントとともに、惑星ロブナスⅡに向かったが。

星界の戦旗Ⅲ—家族の食卓—

王女ラフィールと共に、生まれ故郷の惑星マーティンへ向かったジントの驚くべき冒険！

星界の戦旗Ⅳ—軋《きし》む時空—

軍へ復帰したラフィールとジント。ふたりが乗り組む襲撃艦が目指す、次なる戦場とは？

星界の戦旗ナビゲーションブック

『紋章』から『戦旗』へ。アニメ星界シリーズの針路を明らかにする！カラー口絵48頁

コミック文庫

アズマニア〔全3巻〕
吾妻ひでお
エイリアン、不条理、女子高生。ナンセンスな吾妻ワールドが満喫できる強力作品集3冊

時間を我等に
坂田靖子
時間にまつわるエピソードを自在につづった表題作他、不思議なやさしさに満ちた作品集

星食い
坂田靖子
夢から覚めた夢のなかは、星だらけの世界だった! 心温まるファンタジイ・コミック集

闇夜の本〔全3巻〕
坂田靖子
夜の闇にまつわる、ファンタジイ、民話、ミステリなど、夢とフシギの豪華作品集全3巻

マイルズ卿ものがたり
坂田靖子
英国貴族のマイルズ卿は世間知らずでお人好し。18世紀の英国を舞台にした連作コメディ

コミック文庫

花模様の迷路　坂田靖子
美術商マクグランが扱ういわくつきの美術品をめぐる人間ドラマ。心に残る感動の作品集

パエトーン　坂田靖子
孤独な画家と無垢な少年の交流をリリカルに描いた表題作他、禁断の愛に彩られた作品集

叔父様は死の迷惑　坂田靖子
作家志望の女の子メリィアンとデビッドおじさんのコンビが活躍するドタバタミステリ集

マーガレットとご主人の底抜け珍道中〔旅情篇〕〔望郷篇〕　坂田靖子
旅行好きのマーガレット奥さんと、あわてんぼうのご主人。しみじみと心ときめく旅日記

イティハーサ〔全7巻〕　水樹和佳子
超古代の日本を舞台に数奇な運命に導かれる少年と少女。ファンタジーコミックの最高峰

コミック文庫

千の王国百の城
清原なつの

「真珠とり」や、短篇集初収録作品「お買い物」など、哲学的ファンタジー9篇を収録。

アレックス・タイムトラベル
清原なつの

青年アレックスの時間旅行「未来より愛をこめて」など、SFファンタジー9篇を収録。

春の微熱
清原なつの

少女の、性への憧れや不安を、ロマンチックかつ残酷に描いた表題作を含む10篇を収録。

私の保健室へおいで…
清原なつの

学園の保健室には、今日も悩める青少年が訪れるのですが……表題作を含む8篇を収録。

花岡ちゃんの夏休み
清原なつの

才女の誉れ高い女子大生、花岡数子が恋を知る夏を描いた表題作など、青春ロマン7篇。

コミック文庫

夢の果て〔全3巻〕 **北原文野**
遠未来の地球を舞台に、迫害される超能力者たちの悲劇を描いたSFコミックの傑作長篇

花図鑑〔全2巻〕 **清原なつの**
性にまつわる抑圧や禁忌に悩む女性の心をさまざまな角度から描いたオムニバス作品集。

東京物語〔全3巻〕 **ふくやまけいこ**
出版社新入社員・平介と、謎の青年・草二郎がくりひろげる、ハラハラほのぼの探偵物語

サイゴーさんの幸せ **ふくやまけいこ**
上野の山の銅像サイゴーさんが、ある日突然人間になって巻き起こすハートフルコメディ

オリンポスのポロン〔全2巻〕 **吾妻ひでお**
一人前の女神めざして一所懸命修行中の少女女神ポロンだが。ドタバタ神話ファンタジー

コミック文庫

星の島のるるちゃん〔全2巻〕
ふくやまけいこ

二〇一〇年、星の島にやってきた、江の島るるちゃんの夢と冒険を描く近未来ファンタジー

まぼろし谷のねんねこ姫〔全3巻〕
ふくやまけいこ

ネコのお姫様が巻き起こす、ほのぼの騒動！ノスタルジックでキュートなファンタジー。

ななこＳＯＳ〔全3巻〕
吾妻ひでお

驚異の超能力を操るすーぱーがーる、ななこのドジで健気な日常を描く美少女ＳＦギャグ

クルクルくりん〔全3巻〕
とり・みき

かわいい女子中学生、東森くりんには驚くべきヒミツがあった!?　傑作ＳＦラブコメディ

るんるんカンパニー〔全4巻〕
とり・みき

女の子ばかりの生徒会執行部が発足！　しかしてその実態は？　伝説のギャグマンガ登場

著者略歴　早稲田大学文学部卒
作家　著書『さらしなにっき』
『あなたとワルツを踊りたい』
『闘鬼』『暁の脱出』（以上早川
書房刊）他多数

HM=Hayakawa Mystery
SF=Science Fiction
JA=Japanese Author
NV=Novel
NF=Nonfiction
FT=Fantasy

グイン・サーガ⑱
クリスタルの再会《さいかい》

〈JA911〉

二〇〇七年十二月十日　印刷
二〇〇七年十二月十五日　発行
（定価はカバーに表示してあります）

著者　栗《くり》本《もと》薫《かおる》
発行者　早川浩
印刷者　大柴正明
発行所　株式会社 早川書房
郵便番号　一〇一 - 〇〇四六
東京都千代田区神田多町二ノ二
電話　〇三 - 三二五二 - 三一一一（大代表）
振替　〇〇一六〇 - 三 - 四七七九九
http://www.hayakawa-online.co.jp

乱丁・落丁本は小社制作部宛お送り下さい。
送料小社負担にてお取りかえいたします。

印刷・株式会社亨有堂印刷所　製本・大口製本印刷株式会社

ISBN978-4-15-030911-4 C0193